신곡 읽·기·의·즐·거·움

저승에서 이승을 바라보다

e시대의 절대문학

신곡 읽·기·의·즐·거·움

저승에서 이승을 바라보다

|김운찬|단테|

살림

*e*시대의 절대 문학을 펴내며

자고 나면 세상은 변해 있다.
조그마한 칩 하나에 방대한 도서관이 들어가고
리모콘 작동 한 번에 멋진 신세계가 열리는
신판 아라비안나이트가 개막되었다.
문자시대가 가고 디지털시대가 온 것이다.

바로 지금 한국은, 한국 교육은,
그 어느 시대보다 독서의 당위성을 강조하고 있다.
지난 시대의 교육에 대한 반성일 것이다.
그러나 문자시대가 가고 있는데,
사람들은 디지털시대의 문화에 포위되어 있는데,
막연히 독서의 당위를 강조하는 일만으로는
자칫 구호에 머물고 말 것이다.

지금 우리는 비상한 각오로, 문학이 죽고
우리들 내면의 세계가 휘발되어버린 이 디지털시대에
새로운 문학전집을 만들고자 꿈꾼다.
인류의 영혼을 고양시켰던 지혜롭고 위엄 있는
책들 속의 저 수많은 아름다운 문장들을 다시 만나고,
새로운 시대와 화해할 수 있는 방법론적 독서를 모색한다.

'*e*시대의 절대문학'은
문자시대의 지혜를 지하 공동묘지에 안장시키지 않고
디지털시대에 부활시키는 분명한 증거로 남을 것이다.

발행인 심 만 수

들어가는 글

내가 처음으로 『신곡』을 접하게 된 것은 대학 시절이었다. 전부터 단테와 『신곡』의 개략적인 내용은 알고 있었지만 직접 대면하기는 그때가 처음이었다. 하지만 번역본을 붙잡고 씨름하다 지옥의 입구 부분에서 길을 잃었고, 결국에는 읽기를 포기하였다. 그러다가 다시 『신곡』을 만난 것은 잠시 이탈리아에서 공부하던 시절 단테에 관한 수업을 들을 때였다. 작품의 일부를 원전으로 읽으면서 그 맛을 조금 맛볼 수 있었을 뿐, 이번에도 역시 단테의 저승 세계는 둘러보지 못하였다. 『신곡』의 진짜 맛을 음미하게 된 것은 정작 단테에 대해 강의를 하면서였다. 단테의 육성과 번역본들 사이를 오가면서, 또한 일부 구절들을 나의 목소리로 옮겨보려고 시도하면서 나도 모르는 사이에 저승의 여러 곳을 탐험하게 되었던 것이다. 이제는 거의 모든 곳을 둘러보았다고 생각하면서도 한편으로 미진한 부분이 없지도 않다. 스쳐 지나가면서 어설피 구경한 곳들이다. 또 어떤 곳은 다시 방문할 때마다 다른 모습으로 다가오기도 한다.

사실 『신곡』은 두고두고 읽어야 할 책이다. 한꺼번에 완전히 독파하기에는 여러 가지 걸림돌이 있다. 가장 좋은 방법은 일단 한 차례 끝까지 읽은 뒤에 다시 읽는 방법일 것이다. 거듭 읽을수록 새로움을 얻을 수 있기 때문이다. 또한 한 번의 독서로 개략적인 내용을 파악한 다음에는 건너뛰면서 읽을 수도 있다. 그것도 나름대로의 묘미가 있을 것이다. 『신곡』은 읽을수록 맛이 나는 작품인 만큼 첫술에 배부를 수는 없다. 그리고 읽는 과정에서 찾아볼 수 있는 의미들도 다양하다.

『신곡』이 펼치는 저승 세계는 실로 무한한 모험과 탐색이 가능한 곳이다. 끝없는 탐색의 대상이란, 곱씹을수록 새로운 맛을 제공한다는 것을 의미한다. 그곳은 천천히 음미하며 서두르지 않고 구경해야 할 곳이다. 『신곡』에는 지금 우리가 살아가고 있는 세상만큼이나 방대하고 다양한 의미들이 곳곳에 숨어 있다. 이 책은 그중 일부를 찾아내기 위한 개략적인 지침을 제공할 뿐이다. 나머지는 독자들 각자가 찾아내야 할 몫이다.

하양 금락골에서

김운찬

| 차례 |

신곡 읽·기·의·즐·거·움
La Divina Commedia

5장 죄와 벌

6장 『신곡』의 만화경

신곡 읽·기·의·즐·거·움
La Divina Commedia

2부 | 리라이팅

3부 | 관련서 및 연보

1 단테 알리기에리

Dante
Alighieri

『신곡』의 깊은 맛을 제대로 음미하기는 쉽지 않다.

『신곡』에서 이야기되는 모든 사건이나 등장인물들과 관련된

'백과사전'적 정보와 지식들이 필요하기 때문이다.

그 모든 것을 한꺼번에 이해하기는 어렵지만

최소한의 정보들은 『신곡』의 이해에 도움을 줄 것이다.

여기서는 단테의 생애와 『신곡』의 형식적 구성,

저승 세계의 구조와 배치, 죄와 벌의 양상, 『신곡』을 통해 드러나는

단테의 사상과 관념, 애증 관계 등을 더듬어보고자 한다.

1 장 —— 『신곡』과 고전

Dante Alighieri

『신곡』의 영원성

　　니코스 카잔차키스의 소설 『그리스인 조르바』의 1인칭 화자는 독특한 취미를 갖고 있다. 그는 언제나 호주머니 속에 단테의 『신곡』 문고판을 넣고 다니면서 틈나는 대로 아무 곳에서나 펼쳐 읽는다. 그것도 순서대로 읽는 것이 아니라 여기저기 뒤적이면서 읽는다. 때로는 지옥에서 갖가지 형벌을 받는 영혼들의 하소연을 듣고, 연옥에서 죄를 씻어주는 정화의 불길 속을 거닐고, 천국에서 축복받은 영혼들과 이야기를 나누기도 한다. 그러니까 지옥과 연옥과 천국을 마치 제집 드나들 듯한다. 그에게 『신곡』은 삶이라는 여행의 동반자이다. 그러한 단테 읽기는 소위 고전 읽기의 전형적인 모습을 보여주는 듯하다.

고전에 대해서는 여러 가지 정의를 내릴 수 있지만 현대 이탈리아의 대표적 작가 이탈로 칼비노(Italo Calvino)는 이렇게 흥미로운 정의를 내린다.

"고전이란 그냥 읽어보았다거나 읽고 있다고 말하지 않고, 다시 읽고 있다고 말할 수 있는 작품이다. 고전은 절대 한 번 읽어보고 끝나는 것이 아니다. 그리고 다시 읽을 때마다 마치 처음 읽는 것 같은 느낌을 준다."

다시 읽어볼 때마다 새로운 충격을 주는 것, 언제나 새로운 의미의 그물을 엮어낼 수 있는 것, 그것은 바로 고전의 현재성에서 비롯된다. 고전은 비록 전혀 다른 문화권에서 아주 옛날에 씌어진 것일지라도 지금의 나에게 무엇인가 새로운 것을 제공하는 경우에만 고전으로서의 가치가 있다.

고전이란 무엇보다도 '나'에게 의미있는 것이어야 한다. 내가 전혀 이해할 수 없거나 나와의 공감이 이루어지지 않는 작품이라면, 최소한 나에게 그것은 고전으로서의 가치가 없다. 그런 의미에서 유명 작가나 단체, 출판사 등에서 추천하는 고전 작품의 목록에 구애받을 필요는 없다. 무명작가의 작품도 나의 영혼을 풍요롭게 해주고 다시 읽을 때마다 신선한 충격을 준다면 그것이 나에게는 고전이 될 수 있다.

또한 당연한 말이지만 고전의 진가는 직접 읽어보는 데서 나온다. 직접 읽지 않은 작품은 아무리 훌륭한 고전이라 할지라도 내게는 커다란 의미가 없다. 때로는 호메로스의 『일리아드』나 『오디세이아』, 세르반테스의 『돈키호테』를 직접 읽어보지 않았는데도 다른 책들을 통해서 상당히 많은 것을 알고 있는 경우도 있다. 간략하게 요약한 책이나 만화 또는 영화로 각색한 것을 보고 그 내용을 모두 알고 있다고 착각하기도 한다. 하지만 그것은 원전에 대한 다른 사람들의 해석에 지나지 않는다. 고전에 대한 다른 책들을 읽는 것도 나름대로 중요하고 의미 있는 일이지만, 그 작품을 직접 읽어보는 것과는 엄연히 다르다.

단테의 『신곡』이 대표적 고전이라는 데는 별로 이의가 없는 듯하다. 『신곡』은 유럽의 거의 모든 문학사에서 언급되고, 대부분의 고전 작품 목록에도 빠지지 않는다. 그 이유는 여러 가지이다. 한마디로 요약하기는 어렵지만 『신곡』이 유럽 근대 문학의 효시가 되었다는 점, 전환기 중세 유럽의 사상을 총체적으로 집약했다는 점, 단테의 개인적 삶과 시대적 상황을 절묘하게 문학적으로 형상화했다는 점 등이 주요 요인이다. 또한 『신곡』을 통해 현대 이탈리아어의 토대가 세워졌다는 것도 빼놓을 수 없는 업적으로 꼽힌다. 사실 단테는 이탈리아어의 아버지로 일컬어진다.

하지만 가장 커다란 이유는 『신곡』의 저승 여행 이야기가 현대를 살아가는 우리에게도 여전히 많은 것들을 가르쳐준다는 점에서 찾아볼 수 있을 것이다. 사실 삶과 죽음의 문제는 시대를 넘어 모든 사람의 내면 깊숙한 곳에 자리 잡고 있다. 단테는 죽음 이후의 세계에 대해 이야기하면서 삶의 의미를 되짚어보게 한다. 『신곡』이 많은 사람을 감동시키는 이유가 된다. 『신곡』의 저승은 바로 삶의 현실을 비춰주는 거울이다. 그것은 지금 우리 자신이 살아가고 있는 현실의 모습을 보여준다. 이러한 보편성과 현재성은 살아 있는 고전으로서 『신곡』이 갖는 가장 커다란 매력 중의 하나일 것이다.

아마 이런 맥락에서 엘리엇은 이미 100여 년 전에 단테를 근대적 시인으로 정의했다. 단테는 시인이라는 '직업'에 대한 프로 의식과 함께 당대의 모든 지식을 문학적으로 재현할 줄 알았기 때문이라는 것이다. 그것은 단테가 중세의 인물, 아니 중세를 마무리 짓는 인물이면서 벌써 근대적인 작가 의식을 갖고 있었다는 것을 의미한다. 실제로 단테가 활동한 시기는 13세기 후반에서 14세기 초반, 그러니까 근대의 출발점이 되는 르네상스가 시작될 무렵이다. 두 시대를 함께 아우르는 단테의 참모습은 바로 『신곡』 속에서 찾아볼 수 있다. 그렇게 시대를 넘어설 수 있는 역량으로 『신곡』은 단지 14세기의 이탈리아에만 국한되는 이야기가 아니라 지금의 우리에게도 해당되는 것이다.

『신곡』 읽기의 어려움

많은 고전 작품이 그렇듯이 『신곡』을 읽는 데는 여러 가지 어려움이 뒤따른다.

가장 큰 어려움은 번역본으로 읽어야 한다는 점이다. 일부 이탈리아어를 잘 아는 사람 외에는 대부분 번역본으로 읽을 수밖에 없다. 우리나라에도 수십 종의 번역본이 있으나 이탈리아어에서 직접 번역된 것은 소수에 불과하다. 그런데 번역이란 아무리 완벽할지라도 원전과는 다르다. 번역은 본질적으로 번역자에 의한 하나의 해석에 지나지 않는다. 때문에 하나의 원전에 서로 다른 번역본이 있을 수 있고, 번역본마다 중요하게 여기는 부분들이 달라 서로 다른 효과를 주기도 한다.

그리고 번역은 언제나 불가피하게 원전의 고유한 것들 중에서 일부를 잃게 된다. 『신곡』은 운문으로 되어 있어서 운문 고유의 음악성과 리듬, 악센트, 각운(脚韻), 음절들의 숫자 등 형식적인 요소들이 내용 못지않게 중요한 위치를 차지한다. 그런 것들은 번역에서 상실될 수밖에 없다. 그러므로 원전을 읽으면서 느낄 수 있는 맛을 전달하지 못한다. 그렇다면 가장 이상적인 『신곡』 읽기는 단테의 언어로 직접 읽는 것일 게다. 엘리엇을 비롯한 유럽의 여러 작가들이 『신곡』을 원전으로 읽기 위해 이탈리아어를 공부했다는 일화는 그런 맥락에서 충분히 이해가 된다. 하지만 그것이 현실적으로 불가능하다면 번역본을 통해 읽을 수밖에 없다. 물론 번역본을 통해서도 간접적이나마 작품의 깊은 의미를 맛볼 수는 있다. 비록 원전과 똑같지는 않지만 원전과 비슷한 것을 제공하기 때문이다.

두 번째 어려움은 작품 외적인 여러 가지 지식과 정보들이 필요하다는 점이다. 『신곡』의 영어 번역자로 유명한 도로시 세이어즈(Dorothy Sayers)가 주장하는 바에 의하면, 『신곡』을 읽는 가장 이상적인 방법은 처음부터 끝까지 곧장 읽는 것이다. 작품의 주변적 사실이나 정보에 구애받지 않고 단테의 목소리를 그대로 따라가야 한다는 의미이다. 그러나 그것은 단테와 그 시대에 대해 상당한 지식이 있는 소수의 특권적 독자들에게나 가능한 것이다. 이를테면 14세기 이탈리아의 교양 있는 독자들이라면 그렇게 읽을 수 있다. 그들에게는 『신곡』의 배경을 이루는 수많은 요소에 대해 굳이 장황한 설명이나 해설을 붙일 필요가 없다. 등장인물들에 대한 사사로운 정보, 그들의 사상이나 믿음, 당시의 혼란스러운 시대적 상황, 정치적으로나 종교적으로 복잡하게 뒤엉킨 논쟁과 싸움, 그 당시 사용되던 언어의 의미와 관례, 문학적 표현 방식, 중세의 철학과 신학, 지리와 천문학의 체계, 일반 민중 사이에 널리 퍼져 있던 전설과 이야기 등 다양한 정보와 지식들은 당시의 독자들에게는 아마도 익숙한 것들이었을 테니 말이다.

하지만 현대의 독자에게는 그렇지 않다. 사실 그런 것들을 전혀 모르는 상태에서 단테의 저승 여행 이야기를 따라가기란 여간 어렵지 않다. 그런 이유 때문에 대부분의 번역본에는 많은 역주들이 붙어 있다. 이탈리아어로 된 해설판 『신곡』들도 마찬가지이다. 그리고 그것들은 대부분 단테의 원문보다 더 많은 해설과 자료들을 제공한다. 물론 그 분량이나 정보의 질적 수준은 판본에 따라 다르다. 어쨌든 『신곡』을 읽고 이해하기 위해서는 독자에 따라 다르겠지만 최소한의 기본적인 '백과사전'이 필요하다는 것은 분명하다.

그렇다고 『신곡』의 이해에 필요한 백과사전적 지식을 모두 갖춘다는 것은 어려운 일이다. 사실 내로라하는 단테 학자들 사이에서도 아직 완전하게 해결되지 못한 문제점들이 많이 남아 있다. 바꾸어 말해 『신곡』을 총체적으로 완벽하게 이해한다는 것은 전문가들에게도 어려운 일이다. 일반 독자들은 단테의 이야기를 따라가는 데 필요한 최소한의 지식이나 주변적 사실들을 개략적으로 이해하는 것으로 충분하다. 대부분의 역주는 그런 정보들을 제공한다.

그리고 그런 주변적 사실들 중에서 단테의 개인적인 삶과 사상에 대한 예비적 지식은 거의 필수적이다. 무엇보다 『신곡』은 단테 개인의 이야기이다. 작가는 물론 단테이고, 작품의 화자 또는 서술자도 단테이고, 주인공도 단테이다. 따라서 『신곡』을 중심으로 최소한 서너 명의 단테를 구별할 수 있다. 엄밀히 말하자면 그들은 서로 구별되어야 한다. 최소한 작가 단테와 등장인물 단테는 서로 다르다. 작가 단테가 직접 살아 있는 몸으로 저승을 여행하고 돌아왔다고 생각하는 사람은 없을 것이다. 물론 그것은 『신곡』을 진짜 이야기처럼 보이기 위한 일종의 텍스트 전략이다. 따라서 작가 단테와 등장인물 단테는 서로 분명하게 구별되고 상호 모순되기도 하지만, 종종 서로 중첩되며 상호 침투하는 관계에 있다. 그러므로 이야기의 허구적 존재인 단테를 이해하기 위해서라도 작가 단테의 생애와 사상을 미리 알아둘 필요가 있는 것이다.

세 번째 어려움은 『신곡』을 여러 가지 방식으로 읽을 수 있다는 점이다. 문자 그대로의 뜻으로 읽을 수도 있다. 하지만 여러 표현이나 등장인물, 이미지에는 다양한 상징과 비유적인 의미들이 숨어 있다. 단테 자신이 그런 읽기를 강조한다. 단테는 망명 중에 베로나의 귀족 칸그란데 델라 스칼라(Cangrande della Scala)의 환대를 받은 적이 있다(『신곡』 중 「천국편」이 바로 그에게 헌정된 작품이다). 단테는 그에게 보낸 편지에서 자신의 『신곡』을 여러 가지 의미로 읽어야 한다고 주장했다(이 편지는 1316~1317년 사이에 씌어진 것으로 추정되는데 정말로 단테가 쓴 것인지, 아니면 나중에 다른 누군가에 의해 조작된 것인지에 대해서는 의문의 여지가 남아 있다).

> 이 작품의 의미는 단순하지 않고, 오히려 다의적이라고, 즉 여러 가지 의미가 있다고 말할 수 있습니다. 하나는 문자 그대로에서 나오는 의미이고, 다른 하나는 문자 그대로의 의미에서 도출되는 의미입니다. 전자는 문자적인 의미, 후자는 알레고리적 또는 도덕적 또는 신비적 의미라고 말할 수 있습니다.

이렇게 다양한 의미로 텍스트를 읽는 방식은 중세에 널리 유행했던 것이다. 특히 『성서』에 나오는 여러 가지 비유와 우화들은 바로 그런 방식으로 이해되었다. 그러한 실증적인 예로서 단테는 「시편」 114장 '이스라엘이 이집트에서 나올 때'를 인용하면서 이렇게 쓰고 있다(이 시편은 「연옥편」 2곡 46행에서 다시 인용된다).

이 시편에서 우리가 만약 문자만을 본다면 모세의 시대에 이스라엘의 후손들이 이집트에서 나온 것을 의미하고, 비유를 본다면 그리스도에 의한 우리의 구원을 의미하고, 도덕적 의미를 본다면 영혼이 죄의 비참함과 곤궁에서 은총의 상태로 전환되는 것을 의미하고, 또한 만약 신비적 해석의 의미를 본다면 성령이 이러한 타락의 예속에서 영원한 영광의 자유로 나온 것을 의미합니다.

이러한 견해를 따르자면 『신곡』은 최소한 4가지의 상이한 의미, 즉 문자적인 의미를 비롯하여 알레고리적 의미, 도덕적 의미, 신비적 의미를 함축하고 있다. 여기서 알레고리[寓意]란, 문자 그대로의 의미 속에 또 다른 의미가 들어 있는 것을 말한다. 말하자면 어떤 추상적인 관념이나 사상을 구체적인 이미지로 표현하는 것을 가리킨다. 알레고리에 대한 이론적인 정의나 논의는 다양하지만 그냥 단순하게 비유의 일종으로 보아도 무방할 것이다. 비유나 상징 또는 알레고리는 모두 두 개 이상의 의미가 중첩되어 있는 표현을 가리킨다. 단테 자신이 주장하듯이 『신곡』은 알레고리들이 넘치는 작품이다. 예컨대 이야기의 서두에서 단테는 "어두운 숲" 속에서 길을 잃고 헤맸다고 이야기하는데, 어두운 숲은 죄와 타락의 구렁텅이를 의미하는 것으로 해석된다. 따라서 그러한 알레고리와 상징들을 염두에 두고 『신곡』을 해석하려 한다면, 아무리 신중을 기하더라도 독자로서는 여러 가지 어려움과 불확실함에 직면하게 마련이다. 그렇지만 바로 그런 이유 때문에 오히려 『신곡』은 언제나 새로운 여러 의미로 충만해질 수 있고, 지금도 수많은 독자에게 탐험의 대상이 되기도 한다.

　마지막으로, 『신곡』의 전반에 흩어져 있는 복잡하고 어려운 철학적 사상이나 관념, 신학적이고 종교적인 교리와 이론들이 읽기를 방해한다는 점이다. 『신곡』에는 토마스 아퀴나스로 집대성되는 중세 스콜라 신학의 요체가 들어 있으며, 가톨릭 교리의 핵심인 삼위일체의 신비까지 문학적으로 형상화되어 있다. 아리스토텔레스의 물리학과 형이상학, 윤리학에 대해 설명하기도 하고, 영혼과 육체의 관계에 대해 논의하기도 하고, 죄의 근본적 원인에 대해서 규명하기도 한다. 지옥과 연옥과 천국의 구조를 설명하기 위해 중세 가톨릭의 세계와 우주에 대한 지식들의 체계를 동원한다. 또한 그런 지식들을 배경으로 지옥에서는 죄의 유형들에 대한 분류를 시도하고, 연옥에서는 가톨릭의 7가지 대죄(大罪)를 열거하며, 천국에서는 아홉 개의 하늘에 배치되어 있는 천사들의 9가지 등급과 품계(品階)에 대한 설명도 한다. 이러한 모든 것을 좀 더 잘 이해하기 위해서는 상당한 분량의 백과사전이 필요하다.

『신곡』 읽기의 즐거움

　이러한 이유 때문인지 많은 사람들이 『신곡』에 대해 알고 또 이야기하지만, 정작 끝까지 읽어본 사람은 그다지 많지 않다. 거기에는 물론 번역상의 문제도 있다. 때로는 무슨 말인지 이해하기 어려울 정도로 난삽한 문체가 읽기를 방해하기도 한다. 하지만 약간의 인내심만 갖는다면 『신곡』의 참맛을 음미할 수 있다. 『신곡』을 완전하게 이해하는 데 필요한 백과사전적 지식들을 모두 알아야 하는 것은 아니다. 그런 것들은 전문 학자에게나 필요한 것이다. 일반 독자는 약간의 교양만으로도 『신곡』을 읽는 데 별 지장이 없다. 그저 단순한 저승 여행 이야기로 읽어도 좋다. 철학적이거나 신학적 논의들은 건너뛰면서 읽을 수도 있다. 지옥에서 벌 받고 있는 영혼들의 다양한 에피소드와 내면적인 고뇌, 연옥에서 참회하는 영혼들의 열정과 희망은 그 자체로도 독자들의 관심을 끌기에 충분하다.

몇 가지 어려움은 있지만 『신곡』은 여러 가지 면에서 읽기의 즐거움을 제공한다.

우선, 『신곡』은 독자마다 서로 다른 수준에서 읽어볼 수 있다. 단순히 허구적인 저승 여행 이야기로 읽을 수 있을 뿐만 아니라, 동시에 고도로 철학적이고 사변적인 논문으로도 읽을 수 있다. 그러므로 교양 수준이 다른 독자들 각각에게 나름대로의 재미를 제공하는 작품이다. 물론 그 다양한 수준을 선택하는 것은 독자의 몫이다. 많이 아는 만큼 더 많은 즐거움을 얻을 수 있다.

저승 여행이라는 주제만으로도 일단 호기심을 자극한다. 우리 모두가 사후의 세계에 대해 궁금해하기 때문이다. 단테의 안내를 받아 저승의 여러 구역을 구경하다보면 다른 어떤 여행 못지않게 흥미로운 볼거리를 발견할 수 있다. 게다가 『신곡』은 단지 저승 세계만 보여주는 데 머무르지 않는다. 바로 우리 자신의 모습까지 한꺼번에 보여준다. 사후의 영혼들 모습은 우리 삶의 또 다른 모습으로 우리에게 다가온다. 갖가지 죄를 짓고 지옥에서 고통스러운 형벌을 받고 있는 영혼들의 처참한 광경은 우리 자신을 되돌아보게 만든다. 비록 작품 속의 이야기지만 영혼들의 모습은 우리에게 타산지석이 된다. 그래서 『신곡』을 읽으면서 대부분의 독자는 이런 생각을 할 것이다.

'혹시 나도 죽은 뒤에 지옥에 떨어지는 것이 아닐까? 혹시 나도 모르는 사이에 죄를 지은 것은 아닐까? 혹시 나의 이러저러한 행동은 죄가 되는 것이 아닐까?'

마찬가지로 연옥에서 죄를 참회하고 속죄하는 영혼들이나 천국에서 지복(至福)의 환희를 누리고 있는 영혼들도 나에게 본보기가 될 수 있다. 죽음의 세계를 구경하면서 나 자신의 삶을 되짚어보게 된다.

또 다른 즐거움은 『신곡』은 앞뒤 순서 없이 건너뛰면서 읽어도 좋다는 점이다. 물론 처음부터 그럴 수는 없다. 어떤 경로를 통해서든 전반적인 줄거리와 단테의 노정을 이해할 필요는 있다. 하지만 그런 다음에는 언제든지 손이 가는 대로 단편적으로 읽어도 상관없다. 각각의 에피소드가 나름대로의 독자적인 이야기를 이루기 때문이다. 또한 저승의 각 구역마다, 각 등장인물마다 새로운 이야기를 들려준다. 특히 『신곡』의 등장인물 중 상당수는 유명 인사들인데 그들에 대한 묘사도 독자의 호기심을 자극한다. 역사적으로 실존했던 인물들을 등장시킴으로써 생생한 사실성을 부여하기 때문이다. 주인공 단테도 실존 인물을 토대로 했다. 이렇게 『신곡』

의 매력은 사실과 허구가 교묘하게 융합된 데서도 찾아볼 수 있다. 거기에다 허구의 환상적인 요소들은 양념처럼 색다른 맛을 덧붙여준다. 『성서』와 고전 신화에 나오는 인물이나 사건들이 곳곳에 배치됨으로써 독자의 상상력을 자극한다.

당연한 말이지만 이러한 읽기의 즐거움이 손쉽게 제공되는 것은 아니다. 최소한의 기본적인 교양과 지식은 필수적이다. 단테와 『신곡』에 관한 주변적 사실들을 이해한다면 즐거움은 더욱 커질 것이다. 그런 일화나 뒷이야기들은 종종 읽기의 재미를 더해주기 때문이다.

2 장 — 단테의 생애

Dante Alighieri

베아트리체와의 만남

　단테 알리기에리(Dante Alighieri, 1265~1321)의 생애에 대해서는 자세히 알려진 바 없다. 단테의 삶은 그의 저술들에서 단편적으로 언급되는 자서전적 내용과, 다른 간접적인 자료들을 통하여 재구성하고 추정해볼 수밖에 없다. 개략적인 생애는 다음과 같다.

　단테는 1265년 5월 중순에서 6월 중순 사이에 피렌체에서 태어났다. 단테가 태어난 달을 5월과 6월 사이로 보는 것은 그의 탄생 별자리가 쌍둥이자리이기 때문이다. 이런 사실도 「천국편」 22곡 109~117행에서 단테가 자신의 별자리에 대해 말한 것을 토대로 한 것이다. 단테의 아버지는 평범한 소귀족이었던 알리기에로 디 벨린치오네(Alighiero di Bellincione)이

고, 어머니는 벨라(Bella)로 알려
져 있다. 「천국편」 15곡에서 단테
는 자신의 고조부 카차구이다를
만나 집안의 내력에 대해 듣는다.
카차구이다는 피렌체의 기사로
서 제2차 십자군 원정에 참가했
다가 순교하여 곧바로 천국으로
올라가게 되었다고 이야기하면

보티첼리(Botticelli)가 그린 단테의 초상.

서, 자신의 아내에게서 알리기에리라는 가문의 성(姓)이 유
래되었다고 단테에게 알려준다. 하지만 단테는 중세 유럽의
여러 유명한 사람들이 그렇듯이 성보다 이름으로 불린다.

단테의 어린 시절과 청년기의 교육에 대해서도 정확히 알
려진 바 없으나 일찍부터 중세의 필수 학문이었던 3학(라틴
어·논리학·수사학)과 4학(산술·기하학·천문학·음악)을 공부
했던 것으로 짐작된다. 「지옥편」 15곡에서 단테는 브루네토
라티니(Brunetto Latini)와의 감격적인 만남을 이야기한다. 13
세기 피렌체의 공증인이자 뛰어난 백과사전적 철학자인 라
티니에게서 많은 영향을 받았다고 단테는 고백한다. 1286부
터 이듬해까지 단테는 세계 최초로 대학이 설립된 도시 볼로
냐에 체류했던 것으로 추정된다. 그곳에서 여러 시인들과 교
류하면서 문학과 철학 등 다양한 교양을 갖추었다. 1291부터

1295년까지는 피렌체의 프란체스코 수도원와 도미니쿠스 수도원에 출입하면서 철학과 신학에 대해 상당히 깊이 있는 공부를 했다.

하지만 단테의 삶에서 가장 중요한 사건은 두 가지로 볼 수 있는데, 하나는 베아트리체와의 만남이고, 다른 하나는 정치적 활동과 그로 인한 망명 생활이다. 이 두 가지는 『신곡』을 이해하는 데 결정적인 요소가 된다. 『신곡』은 바로 이 두 사건의 최종적인 집약으로 탄생했다고 말할 수 있다.

베아트리체와의 만남은 분명 현실적인 사건으로 시작되었지만, 거기에는 다분히 문학적이고 허구적인 성격이 강하게 배어 있다. 따라서 그녀는 피와 살을 갖춘 여인의 모습보다 완벽하고 이상적인 아름다움을 구현하는 존재로 이해하는 것이 바람직할 것이다. 베아트리체에 대해서도 구체적으로 알려진 정확한 역사적 자료들은 별로 없다. 단지 단테의 글들에서 산발적으로 언급되는 것들을 토대로 추정해볼 뿐이다. 그녀의 전기적 생애는 지극히 간단하다. 부유한 포르티나리 가문 출신으로 단테와 같은 나이였고, 원래의 이름은 비체였다. 1287년경 은행가 출신인 바르디 가문의 시모네와 결혼했으나 1290년 24살의 젊은 나이에 사망했다. 그녀에 대한 거의 유일한 자료는 단테가 집필한 『새로운 삶 Vita nuova』

(1292~1293)에서 이야기하는 내용이다. 여러 편의 시와 그에 대한 단테 자신의 해설적 산문들이 어우러진 『새로운 삶』에서 베아트리체는 결정적으로 현실적 여인의 이미지를 벗고 문학적 상상력으로 치장된 환상적 여인으로 전환된다.

1274년 단테는 아홉 살 때 처음으로 베아트리체를 만났다. 그녀를 처음 보는 순간 단테는 영혼이 전율하고 혈관이 떨리는 것을 느꼈다고 고백한다. 첫 순간부터 그녀에 대한 사랑이 싹트게 되었던 것이다. 아홉 살의 나이에 어울리지 않게 조숙한 감정이라고 말할 수 있지만, 단테는 거의 의도적으로 첫 만남을 아홉 살로 설정한 듯하다. 단테는 유독 3이라는 숫자에 집착한다. 9는 3의 3배수에 해당한다. 그로부터 다시 9년이 흐른 18세가 되던 해 베아트리체와의 꿈같은 만남을 이야기한다. 길거리에서 다른 두 여인과 함께 걸어가던 베아트리체와 마주쳤는데, 그녀는 말할 수 없이 우아하고 아름다운 자태로 단테에게 인사를 건넸다고 한다. 단테는 그녀가 인사한 시간도 9시라고 말한다. 물론 그것은 중세의 성무일과 시간을 기준으로 하는 시간 계산법에 의한 것으로, 대략 오후 3시에 해당된다.

그런데 단테는 베아트리체에 대한 자신의 사랑을 표현하지 않고 오히려 감추려고 노력했다. 그녀에 대한 사랑을 감추기 위해 심지어는 일부러 다른 여자들에게 관심을 기울이기도 했다. 베아트리체가 결혼한 후 단테의 방황은 더욱 심해졌으며, 그녀가 젊은 나이에 세상을 떠나자 사랑의 고통은 정점에 이르렀다(한편 단테는 1298년을 전후하여 도나티 가문의 젬마와 결혼하여 세 명(또는 네 명)의 자녀를 두었다). 단테의 사랑은 고통을 통해 오히려 더 강렬해졌고 더욱 이상적으로 고양되었다. 그리하여 그녀는 단테의 삶과 작품에 생명력을 불어넣어 주는 이상적인 여인으로 승화된다. 단테에게 베아트리체는 살아 있는 현실적인 여인이자, 매혹적인 시적 창조물, 그리고 종교적 상징이 혼합된 모습으로 나타난다. 그녀는 단테의 정신적 삶을 이끌어가는 상징적 존재이다. 『새로운 삶』과 『신곡』을 비롯한 단테의 모든 작품에서 그녀의 이미지는 매우 다양한 알레고리로 표현되어 있다. 특히 『신곡』에서는 하느님의 은총과 구원의 상징으로 등장한다. 그녀는 연옥의 산 꼭대기에 자리 잡고 있는 지상 낙원에서 단테를 맞이하여 천국으로의 여행을 안내한다.

이렇게 베아트리체가 이상적인 여인의 모습으로 승화하게 된 것은 그 당시 피렌체를 중심으로 활동하던 시인들의 창작 경향과도 깊은 관련이 있는 듯하다. 당시의 시인들은 '돌체 스틸 노보(dolce stil novo)'라는 새로운 유형의 시들을 유행시켰다. 그 이름은 『신곡』에서 단테가 시인 보나준타를 만나 이야기하는 과정에서 언급되는데(「연옥편」 24곡 57행 참조), 우리

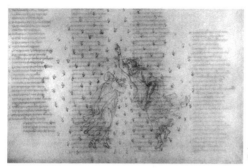

보티첼리의 소묘.
단테와 베아트리체.

나라에서는 대개 '청신체(淸新體)'로 번역되지만, 문자 그대로 옮기자면 '새롭고 감미로운 문체'라는 뜻이다. 이 새로운 시 운동은 볼로냐의 시인 구이도 구이니첼리(Guido Guinizelli)에 의해 시작되지만 피렌체의 시인들에 의해 널리 확산되고 발전되었다.

단테는 청신체의 대표적 시인으로 1290년대 초반에 이미 상당한 명성을 누리고 있었다. 피렌체의 사투리로 쓰인 이들의 시는 대부분 소위 궁정적(宮廷的) 사랑을 노래했는데, 그것은 12세기부터 프랑스 남부의 프로방스 지방을 중심으로 활동하던 음유시인들에게서 영향을 받은 것이다. 대개 여인의 아름다움을 찬미하거나, 사랑해서는 안 될 여인과의 비극적인 사랑과 그에 따른 고통과 고뇌를 노래했다. 그들의 시에서 사랑은 고통스럽지만 진실한 것이었고, 그것은 문학적 상상력을 거쳐 고결한 열정으로 승화된 사랑의 모습으로 형상화되었다. 이러한 맥락에서 베아트리체는 단테에게 현실적 여인인 동시에 시적 상상력을 통해 새롭게 창조된 여인이 되었다. 그녀는 바로 단테의 펜을 거쳐 영원하고 이상적인 여인, 불멸의 천상적(天上的) 여인으로 다시 탄생하게 되었던 것이다.

정치 활동

　'꽃의 도시'로 일컬어지는 피렌체에는 오랜 역사를 자랑하는 아름다운 성당과 교회들이 많이 있는데, 그중에서 산타 크로체 성당은 일명 '묘지 성당'으로 유명하다. 그곳에는 270여 구의 시신들이 성당 바닥과 양쪽 벽면에 늘어선 관 속에 잠들어 있다. 사실 성당에 묻힌다는 것은 커다란 영광이다. 바티칸의 성 베드로 성당에는 베드로의 것으로 추정되는 유해와 일부 교황들의 묘가 있고, 아시시의 성 프란체스코 성당에는 성인의 유해가 잠들어 있다.

　산타 크로체 성당에는 미켈란젤로, 마키아벨리, 갈릴레이, 로시니, 시인 알피에리, 포스콜로 등 유명한 사람들의 석관이 멋진 장식과 함께 양쪽 벽에 늘어서 있다. 그중에서도 오른쪽에 가장 크고 화려하게 장식된 석관이 웅장한 조각의 선반 위에 올려져 있는데 바로 단테의 묘이다. 하지만 그 석관 속은 텅 비어 있다. 단테의 유골이 없는 것이다. 단테의 진짜 유해는 이탈리아 동북부의 해안 도시 라벤나에 있다. 오랜 망명 끝에 결국 고향으로 돌아오지 못하고 타향에서 객사한 것이다. 단테를 쫓아냈던 피렌체에서는 무덤 자리까지 마련해놓고 그의 유해가 돌아오기만을 학수고대하고 있다. 피렌체는 단테 사망 후 14세기 말부터 여러 차례에 걸쳐 라벤나에 그의 유해를 돌려달라고 요청했지만 라벤나에서 돌려줄 리 만무하다. 단테가 라벤나에 묻혀 있음으로 해서 그곳을 찾는 관광객들의 발길이 끊이지 않기 때문이다.

지금 단테의 유해는 1780년에 세워진 신고전주의 양식의 아담한 영묘(靈廟) 안에 잠들어 있다. 내부의 둥근 천장에는 등

▲라벤나(Ravenna)에 있는 단테의 무덤 내부 모습.
◀무덤 외부 모습.

잔이 하나 매달려 있는데 거기에는 언제나 등불이 켜져 있다. 그 등불은 피렌체 근처 토스카나 지방의 언덕에서 수확한 올리브기름으로 타오르고 있으며, 그 기름은 해마다 단테의 사망 기념일에 피렌체의 시 당국에서 제공하고 있다. 영묘 주변은 소위 '단테의 구역'으로 알려져 있고 침묵과 사색의 장소로 유명하다.

이렇게 죽어서도 고향에 돌아오지 못한 단테의 삶에서 중요한 사건은 바로 정치가로서의 활동과 그로 인한 망명 생활이다. 단테가 언제부터 정치에 관심을 갖게 되었는지 정확하게 알 수는 없다. 다만 1289년 이웃 도시 아레초의 기벨리니 당파에 대항하여 벌어진 캄팔디노 전투에 직접 참가한 것은 분명해 보인다(「지옥편」 22곡 1~9행, 「연옥편」 5곡 91~93행 참조). 그 후 단테는 1295년을 전후하여 본격적으로 정치 생활에 뛰어들었다. 단테가 '의약 조합'에 가입한 것이 바로 그 무렵이었다. 당시 피렌체에서는 일반 소귀족들이 공직에 진출하려면 의무적으로 조합에 가입해야 했다. 의약 조합에는 단지 의사와 약재 판매상들만 가입하는 것이 아니라 보석 세공인, 시인이나 화가, 서적 판매상 등도 가입할 수 있었다.

피렌체는 12세기부터 이미 자치도시(Comune)로 발전했다. 즉, 시민들이 대표자를 선출하여 통치하는 공화제로 운영되었다. 그리하여 경제적으로나 정치적으로나 눈부신 성장을 했으며, 이를 토대로 르네상스의 화려한 꽃을 피우게 된다. 그러나 수많은 군소 국가로 분열되어 있던 이탈리아 반도는 13세기 초부터 궬피(Guelfi), 기벨리니(Ghibellini) 두 당파로 나뉘어 끊임없는 싸움을 벌이고 있었다. 피렌체 역시 정쟁의 소용돌이에서 벗어나지 못했다.

이 싸움은 바로 중세에 들어와 교황과 황제(신성로마제국의 황제) 두 권력 사이에 빚어진 해묵은 갈등에서 비롯된 것이다. 일반적으로 궬피는 교황을 옹호하는 교황파로, 기벨리니는 황제를 지지하는 황제파로 알려져 있다. 하지만 지지하는 입장이 언제나 그렇게 도식적으로 분류되는 것은 아니다. 각 도시나 국가의 상황에 따라 교황이나 황제에 대한 지지와 입장이 바뀌는 경우가 많았다. 이 두 용어는 원래 황제의 자리를 두고 서로 패권을 다투던 독일의 두 가문에서 나온 것이다. 궬피는 바이에른의 공작 벨프(Welf) 가문의 이름에서 유래하였고, 기벨리니는 호엔슈타우펜 가문의 옛날 성 이름인 바이블링겐(Waiblingen)에서 유래하였다. 단테가 정치 활동에 뛰어들던 13세기 후반 이탈리아 반도는 이 두 세력 간의 끊임없는 싸움과 함께 황제와 교황 사이의 알력, 그리고 이에 편승한 독일과 프랑스 세력의 각축장이 되어 있었다.

단테는 아버지 때부터 궬피 당파에 속해 있었다. 「지옥편」 10곡에서 언급했듯이 피렌체에서는 두 당파가 번갈아가며 권력을 장악했는데, 1260년의 전투에서 궬피 당이 결정적으로 승리하면서 기벨리니 당원들은 완전히 피렌체에서 쫓겨 나게 되었다. 그러나 단테가 정치 활동을 시작할 무렵 궬피 당은 또다시 백당(白黨)과 흑당(黑黨)으로 양분되어 서로 치열하게 대립하고 있었다. 단테는 백당에 속했다. 체르키 가문이 이끄는 백당은 피렌체의 자치와 자율성을 주장하는 입장이었고, 도나티 가문이 이끄는 흑당은 당시의 교황 보니파티우스 8세의 정책에 우호적이었다. 그런데 보니파티우스 8세는 피렌체에 대한 자신의 영향력을 강화하려고 당시 프랑스 왕 필립 4세의 동생이자 발루아 백작 샤를과 손을 잡았다. 1301년 10월 샤를은 자신의 군대를 이끌고 피렌체로 향했다. 명목상으로는 평화를 중재하기 위한 것이라고 주장했지만 실질적으로는 흑당을 지원하기 위해서였다.

이러한 위급한 상황을 해결하기 위해 단테는 다른 두 명과 함께 로마에 특사로 파견되었다. 교황 보니파티우스 8세를 직접 만나 설득하고 사태를 무마하기 위해서였다. 단테는 1300년에 6인으로 구성되는 자치도시의 최고 통치 기구인 집정관을 역임했고, 1301년에는 '100인 평의회'의 일원으로 활동했다. 그런데 1301년 10월 단테가 로마에 체류하는 동안 샤를의 도움을 받은 흑당이 피렌체를 장악, 정적들에 대한 보복이 시작되었다. 단테 역시 교황에게 반대하고 공금 횡령과 부정부패의 죄를 저질렀다는 억지 혐의로 기소되고 법정으로 출두하라는 명령을 받았다. 로마에서 이 소식을 들은 단테는 출두를 거부했으나, 피렌체 법정은 1302년 1월 그에게 벌금형과 함께 공직을 금지시키는 선고를 내렸다. 그리고 1302년 3월에는 단테의 전 재산을 몰수하고 만약 체포될 경우 화형에 처한다고 선고했다. 이때부터 단테의 정처 없는 망명 생활은 시작되었으며, 라벤나에서 사망할 때까지 고향 피렌체로 돌아가지 못했다.

고향을 떠난 단테의 망명 생활은 고난과 역경의 연속이었다. 고조부 카차구이다의 예언대로 단테는 "다른 사람의 빵이 얼마나 짠지, 또한 남의 집 계단을 오르고 내리는 것이 얼마나 힘든 일인지"(「천국편」, 17곡 58~60행) 직접 몸으로 체험하고 겪게 된다. 망명 기간 내내 단테는 피렌체로 돌아가기 위해 여러 방면으로 노력을 기울이지만 모두 수포로 돌아갔다. 함께 쫓겨난 궬피 당의 세력들을 규합하고 사방으로 도움을 청해 보았지만 그 숫자나 힘은 미약하기만 했다. 심지어는 기벨리니 당원들과의 협조도 마다하지 않았다. 단테가 피렌체로 돌아갈 희망을 가장 강력하게 품었던 때는 1309년 하인리히 7세가 신성로마제국의 새로운 황제로 등극했을 무렵이었다.

물론 그 이전에 이미 여러 극적인 사건들이 이탈리아의 정치적 상황을 완전히 뒤흔들어놓은 상태였다. 1303년 9월에는 보니파티우스 8세가 프랑스 군인들에게 치욕적인 모욕을 당하는 사건이 일어났다. 소위 '아나니(Anagni)의 뺨맞기' 사건이다. 아나니(당시 이름은 알라냐)는 로마 동남쪽의 작은 소읍으로 보니파티우스 8세의 고향이다. 당시 프랑스의 '미남왕' 필립 4세는 여러 가지로 교황과 대립하고 있었다. 급기야 성직자의 과세 문제로 교황이 필립 4세를 파문하자, 필립 4세는 군대를 보내 이탈리아 반도를 침략했다. 프랑스 군인들은 아나니로 피신해 있던 교황을 사로잡았는데, 그 와중에 교황이 뺨까지 맞는 치욕적인 사건이 벌어졌다. 그로 인한 화병 때문인지 보니파티우스 8세는 얼마 지나지 않아 사망했다(이 치욕적인 사건에 대해 단테는 「연옥편」 20곡 85~90행에서 언급한다).

1305년 보르도 대주교 출신의 클레멘스 5세가 교황으로 즉위했으나, 이탈리아의 혼란한 정치 상황을 핑계로 로마 교황청으로 부임하지 않고 프랑스 남부의 소읍 아비뇽에다 교황청을 두었다. 이후 70여 년간 소위 '아비뇽 유폐(幽閉)'가 시작되었다. 그것은 교황권이 프랑스 왕의 세속적 권력에 예속되는 것으로, 가톨릭의 전체 역사에서 가장 치욕적인 사건 중의 하나로 꼽는다. 어쨌든 클레멘스 5세는 백당과 기벨리니 당에 대해 비교적 우호적이었으며, 그의 승인하에 황제 하인리히 7세는 이탈리아의 혼란한 정치 상황을 종식시키려고 노력했다. 1312년 하인리히 7세는 마침내 군대를 이끌고 이탈리아 반도에 들어왔으나, 교황이 중간에 개입하는 바람에 단테가 바라던 피렌체는 거들떠보지도 않았다. 이듬해 나폴리를 향해 진군하던 중 황제는 말라리아에 걸려 갑자기 사망했으며, 고향으로 돌아가려던 단테의 꿈은 물거품이 되고 말았다. 단테는 이 무렵을 전후하여 라틴어로 쓴 『제정론 *De Monarchia*』(1313년경)에 자신의 정치관과 함께 하인리히 7세에 대한 그러한 기대감을 표현하고 있다.

고향 피렌체로 돌아가지 못한 단테는 이탈리아의 여러 지방을 전전했다. 일부에서는 단테가 심지어 프랑스 파리와 영국까지 갔다 온 것으로 추정하기도 하지만 정확한 근거가 없는 추측에 불과하다. 정처 없는 유랑 생활의 구체적인 행적은 알려져 있지 않다. 다만 1315년 단테는 고향으로 돌아갈 기회가 있었다. 피렌체의 정세가 바뀌면서 시 당국에서 정치적으로 추방된 사람들이나 망명자들에게 사면을 제안한 것이다. 그런데 문제는 사면의 조건이었다. 일정 금액의 배상금을 지불하고 공개적인 참회를 해야 하는데, 마대 자루를 뒤집어쓴 채 손에 초를 들고 시내의 세례당에 가서 하느님에게 참회해야 한다는 것이었다. 그런 굴욕적인 제안을 단테는 의연하게 거절했다. 단테의 입장은 피렌체의 한 친구에게 보낸 편지에 잘 나타나 있다(구체적으로 누구인지 밝혀지지 않았으나 단테의 어투로 보아 성직자나 수도사인 것으로 짐작된다). 귀향을 권유하는 그에게 단테는 이렇게 답변했다.

> 내가 어디에 있다 한들 태양과 별들의 흐름을 볼 수 없겠습니까? 피렌체 시와 모든 시민 앞에 불명예스럽게, 아니 비굴하게 굴복하지 않는다고 해서, 내가 어디에 있든 하늘 아래에서 최고의 달콤한 진리를 명상할 수 없겠습니까? 그리고 어떻게든 빵이 없지도 않을 것입니다.

자존심을 버리면서까지 고향에 돌아가고 싶지는 않았던 것이다. 무엇보다 단테는 자신에게 가해진 혐의와 처벌이 부당하다고 생각했고, 따라서 그런 굴욕적인 조건을 수락한다면 바로 정의와 진리를 추구하려는 자신의 마지막 자존심을 버릴 수밖에 없는 것이다. 결국 단테는 사면을 과감히 거절함으로써 고향으로 돌아갈 수 있는 마지막 기회도 사라져 버렸다. 단테는 1313부터 1318년까지 베로나에 머물렀고, 이후에는 라벤나에서 구이도 다 폴렌타의 도움을 받았다. 1321년 7월 단테는 베네치아에 사절로 파견되었다가 돌아오던 중 말라리아로 추정되는 열병을 얻어 같은 해 9월 14일 라벤나에서 사망했다.

단테가 망명 중에 품었던 희망과 염원은 그의 작품들 속에 고스란히 스며들어 있다. 『신곡』 역시 그런 맥락에서 이해될 수 있다. 단테가 남긴 작품들은 라틴어로 쓴 것과 피렌체 사투리(속어)로 쓴 것으로 나눌 수 있다. 그 당시 유럽의 공용어는 가톨릭교회의 공식 언어인 라틴어였지만, 라틴어를 모르는 일반 민중들은 고유의 토착어를 사용하고 있었다. 그것은 원래 각 지방의 고유 언어에다 라틴어가 혼합된 것으로, 대개 속어로 번역하지만 정확한 의미는 '민중의 언어'이다. 단테가 라틴어로 쓴 작품으로는 『제정론』과 언어학적 관점에서 속어의 중요성을 강조한 『속어론 De vulgari eloquentia』(1305), 그리고 지금까지 전해지는 13편의 서간문이 남아 있다. 속어로 쓴 작품으로는 『신곡』을 비롯하여 『새로운 삶』과 『향연(饗宴) Convivio』(1304~1307), 그리고 전 생애에 걸쳐 기회 있을 때마다 썼던 여러 편의 시가 전해지고 있다.

3 장 ── 『신곡』 개관

Dante Alighieri

집필 시기와 제목

　떠돌이 망명 생활은 분명 단테에게 헤아릴 수 없는 고난을 안겨주었지만, 다른 한편으로 『신곡』이라는 불후의 걸작을 남기는 계기가 되었다. 어리석은 가정일지 모르나 만약 단테가 정치적으로 성공의 길을 걸었더라면, 그리하여 고달픈 망명 생활이 없었더라면 아마 『신곡』은 탄생을 보지 못했을 것이다. 베아트리체에 대한 사랑이 고통을 통하여 이상적으로 승화되었듯이, 고난의 삶 속에서 탄생한 『신곡』은 영원한 진리와 정의를 갈구하는 시인의 열정을 가장 완벽한 형태로 구현하고 있다. 그리고 완벽한 이상을 추구하는 만큼 그 안에는 단테의 개인적인 삶과 고뇌, 희망과 좌절이 그대로 배어 있다.

세이어즈는 『신곡』을 요약하여 "하느님에게 이르는 길 (Way to God)에 대한 알레고리"라고 정의한다. 한마디로 표현하자면 저승 여행 이야기이다. 단테가 살아 있는 몸으로 일주일에 걸쳐 지옥과 연옥과 천국을 차례로 순례하면서 직접 눈으로 보고 체험한 것을 독자들에게 이야기하는 형식으로 되어 있다. 하지만 거기에는 단테의 모든 것과 당시의 시대상이 교묘하게 접목되어 있기 때문에 좀 더 포괄적으로 이해하기 위해서는 주변적 사실들을 먼저 알아둘 필요가 있다.

『신곡』은 망명 기간 중에 쓰어진 것은 분명하지만 정확한 집필 시기는 알 수 없다. 학자들마다 견해는 다르나 일반적으로 1307년을 전후하여 쓰기 시작했으며 중간에 중단되었다가 생애 막바지에 완성된 것으로 추정된다. 「지옥편」과 「연옥편」은 1314년경에 완성되었고, 「천국편」은 그 이후에 집필되어 사망하기 직전에 완성된 것으로 짐작된다. 아마도 처음 시작할 때의 계획

도메니코 디 미켈리노(Domenico di Michelino)가 그린 단테와 저승 세계.

은 최종적으로 완성된 것처럼 방대하지 않았는데, 작품을 써 나가는 과정에서 내용과 규모가 조금씩 확장된 것으로 보인 다. 그런 사실은 「지옥편」의 형식적 구성에서 엿볼 수 있다. 초반에는 비교적 빠르게 진행되다가 중간에 이야기의 리듬 이 조금씩 느려지는 것을 느낄 수 있다. 그리고 많은 학자들 이 지적하듯이 「지옥편」의 상당 부분이 나중에 수정·보완되 었고, 전체적인 구도에 맞도록 여러 가지 에피소드들이 추가 된 것으로 짐작된다.

단테는 자신의 작품을 가리켜 희극을 의미하는 '코메디아' (comedia, 현대 이탈리아어로는 commedia)라고 불렀다(「지옥편」 16곡 128행, 21곡 2행 참조). 이것은 무엇보다도 당시 최고 권위 로 간주되었던 아리스토텔레스가 『시학』에서 언급한 '비극' 과 대비되는 용어이다. 따라서 단지 웃음을 목적으로 하는 현 대적 의미의 희극이나 코미디를 가리키는 것이 아니다. 『속 어론』에 나타난 단테의 관념에 따르면, 비극은 최고의 문학 장르로서 고귀한 주제를 고상한 문체로 다루는 작품을 가리 킨다. 그런데 그는 당시 문인들의 보편적 언어였던 라틴어 대 신 피렌체 일반 민중의 언어로 이 작품을 썼다. 칸그란데에게 보낸 편지에서 단테는 "여자들도 읽을 수 있는 언어"로 썼다 고 했다. 그런 민중의 언어로 씌어졌기 때문에 『신곡』은 보다 광범위한 독자들에게 고상하고 수준 높은 내용을 널리 보급

시키는 계기가 되었다. 그뿐 아니라 단테는 속어도 라틴어 못지않은 훌륭한 언어가 될 수 있다는 것을 실증적으로 보여줌으로써 피렌체어가 장차 이탈리아어로 발전할 수 있는 토대를 마련해주었다.

어쨌든 단테는 라틴어의 고상한 문체가 아니라 속어의 비천한 문체로 썼다는 점에서, 또한 세속적인 주제를 다루고 있다는 의미에서 자신의 작품을 '코메디아'라고 불렀던 것이다. 물론 이것은 호메로스나 베르길리우스 같은 고전 시인들의 위대한 경지와 비교해볼 때, 단테가 자신의 작품을 스스로 낮추어 부른 것으로 일종의 겸손의 표현이다. 아울러 『신곡』은 내용 면에서도 비극과는 구별된다. 서두는 지옥의 음울하고 고통스런 분위기로 시작되지만, 연옥에서 정화의 불길을 거쳐 베아트리체를 만나고, 마지막에는 천국에서 하느님의 최고 진리를 직접 체험하는 행복한 결말에 이른다.

최초의 단테 학자로 간주되는 보카치오(Giovanni Boccaccio, 1313~1375)는 단테의 생애에 대한 간략한 평론도 쓰고, 말년에는 피렌체 당국의 권유로 『신곡』을 해설하는 일련의 강의도 했다. 그 강의들은 「지옥편」 앞부분의 17곡에 머무르고 있지만 『신곡』 연구의 최초 자료로서 중요한 의미를 갖고 있다. 그는 『신곡』을 해설하면서 이것은 단순한 희극으로 보기에는 너무나도 '신성'하다는 의미에서 divina라는 형용사를 앞에 붙였다. 그리하여 1555년 베네치아에서 인쇄된 판본에서 La divina commedia라는 제목이 처음으로 사용되었고, 이후 일반적으로 그렇게 불리고 있다.

형식과 구조

단테는 유달리 3이라는 숫자를 사랑한다. 때로는 편집증으로 보일 정도로 애착을 보인다. 『새로운 삶』에서 술회하는 베아트리체와의 인연 역시 3의 현란한 유희를 보는 듯하다. 3의 3배수가 되는 9세에 베아트리체를 처음 만나고, 또다시 9년이 지난 후 18세 되던 해 9시경에 그녀의 우아한 인사를 받는다. 그리고 그녀의 죽음에 대해서도 단테는 굳이 아랍과 시리아의 관습을 들먹이며 9월 9일에 사망한 것으로 설명하고(실제 사망일은 대략 6월 8일에 해당한다), 그녀가 사망한 해인 1290년에 대해서도 10의 9배수를 강조한다. 그런 숫자의 유희는 『신곡』에서 절정에 이른다. 무엇 때문에 단테가 3을 좋아하게 되었는지 정확히 알 수는 없다. 『새로운 삶』에서 밝히는 바에 의

하면, 가톨릭 교리의 핵심인 삼위일체, 즉 하느님의 신비와 관련된 숫자이기 때문이라고 설명한다. 또는 10세기 무렵 주로 유대인들을 중심으로 유럽에 널리 확산되었던 신비주의 사상인 카발라(Kabbalah 또는 Cabbala, Qabbalah 등으로 표기된다)의 영향에 의한 것으로 추측하기도 한다. 히브리어로 '전승(傳承)'을 의미하는 카발라의 신비 사상에는 숫자들의 신비로운 힘들에 대한 견해들도 포함되어 있기 때문이다. 단테는 당시의 수많은 지식과 사상을 지칠 줄 모르고 섭렵했던 것으로 유명한데, 그런 과정에서 카발라의 수비학(數秘學)을 접했을 개연성은 높다. 어쨌든 3에 대한 단테의 애착은 『신곡』의 형식적인 구성 방식에서도 뚜렷하게 드러난다.

『신곡』의 형식적인 구조는 이러하다. 각각의 시행(詩行)은 11음절로 되어 있고, 세 개의 행이 하나의 단락을 이루는 3행 연구(聯句)로 구성되어 있다. 그리고 각 행은 음악적인 리듬과 박자를 유지하도록 마지막 두 음절의 운율이 일정한 간격으로 반복되도록 구성되었다. 즉, 각운(脚韻)을 맞추고 있는데 소위 사슬운의 형식으로 되어 있다. 말하자면 하나의 각운이 사슬의 고리처럼 한 행 건너 반복되도록 했고, 따라서 도식적으로 보면 'aba bcb cdc ded …… xyx yzy z' 라는 식으로 맞추어져 있다.

전체적으로 보자면 세 개의 노래편(Cantica), 즉 「지옥편」

「연옥편」「천국편」으로 나뉘어 있다. 그리고 각각의 노래편은 모두 33편의 노래[曲]로 되어 있으며, 맨 앞에 서곡(말하자면 「지옥편」의 제1곡)을 덧붙여 전체 100곡으로 이루어져 있다. 100이라는 숫자는 3의 33배수가 되는 99에다 1을 덧붙여 이루어지는 숫자로서 일종의 완성을 상징한다고 말할 수 있다. 그것은 천국 여행의 막바지에서 삼위일체의 신비를 직접 체험함으로써 최종적으로 완성되는 최고 진리를 상징하는지도 모른다. 각 노래의 길이는 일정하지 않다. 가장 짧은 것은 115행으로 되어 있으며(「지옥편」 6곡, 11곡), 가장 긴 것은 160행으로 되어 있다(「연옥편」 32곡). 그리고 가장 많이 활용되는 길이는 139행과 142행이다. 각각의 노래는 3행 연구로 끝나지 않고 마지막에 한 행을 덧붙이고 있다. 예를 들어 「지옥편」 제1곡은 총 136행으로 44개의 3행 연구에다 마지막 한 행을 덧붙인 것으로 되어 있다. 그런 식으로 전체 1만4233행에 달하는 방대한 분량으로 이루어졌다.

그런데 단테의 3에 대한 집착과 숫자 놀이에 어떤 비밀이나 신비가 숨어 있다고 생각하는 사람들도 많다. 100편의 노래는 모두 115행에서 160행 사이의 다양한 길이로 되어 있는데, 이상하게도 118행, 121행, 127행으로 된 곡은 하나도 없다. 이런 사실들을 토대로 현란한 숫자들의 유희를 도출하고 특정 숫자의 상징적인 의미와 신비를 추론해내는 사람도 있다. 단테가 프리메이슨(Freemason)이나 다른 비밀결사 조직의 일원이었다고 주장하는 책들도 많이 나와 있다. 최근 우리나라에서 인기를 끌었던 추리 소설 『다빈치 코드』에서도 단테를 그런 식으로 끌어들이고 있다. 『새로운 삶』에서 자주 언급했듯이 "사랑의 신봉자들"에게 단테가 3이라는 숫자를 강조하면서 모종의 메시지를 보내고 있다고 생각하는 것이다.

이러한 신비적 해석 현상은 『신곡』의 표현들 자체에서 기인된 것으로 볼 수도 있다. 실제로 『신곡』에는 모호하고 애매한 표현들이 사방에 넘친다. 물론 그것은 다의적인 읽기를 위한 단테의 전략이기도 하지만, 때로는 전문가들도 이해하기 어려운 부분도 많다. 단테 자신이 그런 부분에서 이중적인 읽기를 권유하기도 한다. 말하자면 "건강한 지성을 지닌" 독자들에게 자신의 "신비로운 시구들의 베일 아래 숨겨진 의미"를 생각해보라고 직접 요구하는 것이다(「지옥편」 9곡 61~63행). 그런 것은 신비의 신봉자들에게 하나의 커다란 도전이자, 숨겨진 엄청난 비밀에 대한 모호한 약속처럼 들릴 수도 있다.

여행 시기와 기간

단테는 자신의 환상적인 저승 여행이 언제 이루어진 것인지 명시적으로 밝히지 않는다. 하지만 『신곡』의 여기저기에 흩어진 일부 실마리들을 토대로 시간적인 자료를 도출해볼 수는 있다. 이야기의 서두에서 단테는 이렇게 말한다

> 우리 인생길의 한가운데에서
>
> 나는 올바른 길을 잃고
>
> 어두운 숲 속에 처해 있었다.
>
> ―「지옥편」 1곡 1~3행

단테는 성서에 의거하여(「시편」 89장 10절 참조) 인간의 평

균 수명을 70세로 보았다. 단테는 1265년에 태어났기 때문에 "인생길의 한가운데"에 해당하는 35세가 되는 해는 1300년이고, 따라서 그해에 저승 여행을 한 것이다. 단테가 여행 시기를 1300년으로 잡은 것은 나름대로 이유가 있다. 단테에게 인생의 한중간이 되는 해였을 뿐만 아니라 여러 모로 다른 의미들이 중복되는 해였기 때문이다.

무엇보다 1300년은 새로운 세기의 출발을 알리는 해였다. 이를 기념하기 위해 당시 교황 보니파티우스 8세는 1300년을 최초의 희년(禧年, Jubilaeum)으로 제정했다. 희년이란 원래 히브리어로 '숫양의 뿔'이라는 뜻으로, 50년마다 거행되는 종교적인 행사를 가리키는 말에서 유래된 것이다. 하느님의 성스러운 사랑과 은총을 기리고 인류를 구원하기 위해 대사면을 내리는 '거룩한 해(Annus Sanctus)'로 정한 것이다. 희년에 교황청이 있는 로마를 순례하고 자신의 죄에 해당하는 참회와 보속(補贖)을 하면 완전한 사면을 받을 수 있다. 최초의 희년으로 선포된 1300년에는 전 유럽과 심지어 아시아에서도 많은 사람들이 그런 은총을 받기 위해 로마에 집결했다고 한다. 단테는 「지옥편」 18곡 28~33행에서 당시 로마에 모여든 수많은 군중의 행렬에 대해 묘사하고 있다. 처음에는 100년마다 희년을 두기로 제정했지만 이후 50년마다 갖기로 했다가 다시 25년마다 희년으로 정했으며, 그 전통은 지금까지도 계속 이어지고 있다.

또한 「지옥편」 1곡에서 단테는 하느님의 은총으로 빛나는 "환희의 산"으로 오르려고 하는데 세 마리 짐승이 나타나 길을 가로막았다고 이야기한다. 그런데 그 시간은 봄날의 새벽 무렵이고, 태양이 "성스러운 사랑"에 의해 맨 처음 창조된 "아름다운 별들", 즉 숫양자리의 별들과 함께 솟아오르고 있었다고 지적한다(37~40행 참조). 그렇다면 단테의 여행은 밤과 낮의 길이가 똑같은 춘분 무렵에 시작되었다는 것을 의미한다. 이것은 바로 춘분 때 하느님에 의한 천지창조가 이루어졌다는 중세의 속설과도 연결된다. 또한 「지옥편」 21곡 112~114행에서 지옥의 악마는 그 전날, 정확히 말하자면 1266년 5시간 전에 예수가 지옥에 있던 덕성 있는 영혼들을 천국으로 데려가기 위해 지옥에 내려왔었다고 말한다. 그렇다면 그 날짜는 예수가 십자가에 못 박혀 숨을 거둔 직후, 즉 성 금요일 정오에 해당된다(예수의 사망 시각에 대해 단테는 「루가의 복음서」에 따라 정오로 보는데, 다른 복음서에서 오후 3시로 보는 것과는 대조적이다). 간단히 말해 단테의 여행은 부활절을 전후하여 이루어진 것이다.

그리고 한 가지 흥미로운 사실은 중세 이탈리아에서는 한 해의 첫날을 지금과는 다르게 헤아렸다는 점이다. 도시마다 그 기준이 다르지만 대부분 한 해의 첫날을 예수의 탄생일인

12월 25일부터 헤아리거나, 아니면 '아브 인카르나티오네 (ab incarnatione)' 즉 하느님의 육화(肉化)가 일어난 날짜부터 헤아리는 것이 관례였다. 그날은 바로 성모 마리아가 예수를 잉태한 날, 그러니까 정확히 말해 예수가 탄생하기 9개월 전에 해당하는 3월 25일이다. 특히 당시 피렌체에서는 '아브 인카르나티오네'를 기준으로 하는 달력을 많이 사용했다고 한다. 그렇다면 1300년 3월 25일은 새로운 세기가 시작되는 첫날인 동시에 새로운 한 해의 첫날이 되었을 가능성이 높다. 만약 그날 단테가 저승 여행을 시작했다면 더 많은 의미가 중복될 것이다. 하지만 지옥의 악마가 말한 것이 사실이라면 단테는 분명 예수가 사망한 날짜에 여행을 시작한 것이 되고, 그렇다면 그 날짜는 3월 25일보다는 1300년의 성 금요일인 4월 8일로 보는 것이 타당할 것이다.

여행 기간은 1300년 부활절을 전후한 1주일 동안이다. 그리고 여행 일정도 『신곡』의 여러 곳에 암시된 지적들을 통해 전체적으로 추론해볼 수 있다. 이야기는 첫째 날, 즉 성 금요일 아침부터 시작되지만 본격적인 지옥 여행은 해질녘에 출발한다. 단테와 베르길리우스는 거의 만 24시간 동안 지옥을 모두 돌아보고 둘째 날인 토요일 저녁에 지구의 중심에 도착한다. 그리고 지하 동굴을 기어올라 연옥의 해변에 도달하는 것이 부활절 일요일 새벽 무렵이다. 그런데 여기에서 시간 계산이 약간 헷갈릴 수 있다. 단테도 이것을 의식한 듯 여러 곳에서 독자(특히 이탈리아의 독자)들에게 자신이 여행하고 있는 지점의 현지 시간을 이탈리아의 시간과 대비하여 설명하기도 한다.

단테가 묘사하는 지구의 형상에 의하면, 지옥의 입구는 예루살렘 아래에 있고, 연옥은 지구의 정반대 지점, 정확히 말하면 예루살렘의 대척점에 해당하는 남반구의 대양 한가운데에 솟아 있다. 그러니까 지옥과 연옥은 시간상으로 12시간의 차이가 나는 거리에 있다. 그렇다면 연옥에서는 당연히 지옥에 비해 12시간이 더 빠르거나 더 늦을 것이다. 만약 더 빠르다면 지옥의 토요일 저녁은 연옥의 일요일 아침에 해당할 것이고, 그렇다면 단테는 순식간에 지구의 중심에서 동굴을 통과하여 연옥의 해변에 도달해야 한다. 따라서 연옥의 시간이 12시간 더 늦는 것으로 계산해야 타당할 것이다. 그렇다면 단테가 지구의 중심에서 지하 동굴을 통과하여 연옥의 해변에 도달하는 데 거의 만 하루가 걸리는 셈이다.

어쨌든 부활절 일요일이 되는 셋째 날부터 사흘 낮밤에 걸쳐 단테는 연옥을 순례한다. 그리고 여섯 째 날 정오 무렵 연옥의 산 꼭대기에 있는 지상 낙원에서 꿈에 그리던 베아트리체를 만난다. 그리고 그녀와 함께 만 하루 동안에 천국의 하늘들로 날아오른다. 단테는 일곱 째 날 정오경에 마침내 하느님이 있는 최고의 하늘에 도착하고 거기서 여행은 끝난다.

여행의 안내자

대부분의 여행에는 으레 안내자가 있기 마련이다. 더구나 살아 있는 몸으로 저승 여행을 하는데 혼자서 갈 수는 없을 것이다. 단테의 저승 여행에는 두 명의 안내자가 함께 한다. 지옥에서 연옥까지는 베르길리우스(Publius Vergilius Maro, 기원전 70~19)가 안내하고, 천국에서는 베아트리체가 안내한다. 베르길리우스는 인간의 지성을 상징하며, 베아트리체는 하느님의 은총을 상징하는 것으로 해석된다. 베르길리우스를 안내자로 삼은 것은 평소 단테가 그를 자신의 문학과 삶의 스승으로 섬겼기 때문이다. 베르길리우스는 로마 시대의 위대한 시인으로, 로마 건국 신화가 담긴 장엄한 서사시 『아이네이스 Aeneis』를 남겼다. 로마 건국의 아버지 아이네이아스의 모험담을 그린 작품인데, 그는 트로이의 왕족 출신으로 트로이가 멸망한 뒤 온갖 모험을 겪으며 이탈리아 반도에 도착하여 장차 로마를 세우게 될 왕족의 시조가 된다. 그의 모험 중에는 특히 지하의 저승 세계에 들어갔다가 나오는 일화가 있는데, 이것은 『신곡』의 모티브와 일치한다.

『신곡』 서두에서 단테는 저승 세계로 여행하게 된 동기를 아주 극적으로 이야기한다. 어두운 숲 속에서 길을 잃고 헤매던 단테는 햇살이 비치는 언덕을 향해 올라가려고 한다. 그런데 세 마리 짐승, 즉 표범과 사자, 암늑대가 나타나 길을 가로막는다. 그리하여 단테는 언덕으로 올라가지 못하고 오히려 어두운 숲 쪽으로 밀려난다. 그 순간 위대한 시인 베르길리우스의 영혼이 나타난다. 그는 단테에게 "환희의 산"에 올라가려면 다른 길, 즉 지옥과 연옥을 거쳐서 가야 한다고 말한다. 베르길리우스는 베아트리체의 부탁을 받고 단테를 도와주러 온 것이다. 그리하여 단테는 그의 안내를 받아 지옥과 연옥을 차례로 여행한다. 연옥의 산 정상에 있는 지상 천국에 이르자 눈부신 천사들과 함께 천국에서 베아트리체가 내려오고, 그 순간 베르길리우스는 사라진다.

여행의 안내자가 바뀐 것이다. 베르길리우스는 최고의 지성과 덕망을 갖추고 있지만 그리스도를 몰랐기 때문에 영원히 천국에 오를 수 없는 운명이다. 즉, 하느님의 은총을 받지 못한다. 인간은 아무리 뛰어난 지성을 갖고 있더라도 하느님의 은총 없이 혼자만의 힘으로는 구원을 받을 수 없다. 천국을 여행하기 전에 안내자가 베르길리우스에서 베아트리체로 바뀌는 것은 인간 지성의 한계를 상징한다.

주요 안내자는 베르길리우스와 베아트리체 둘이지만, 보조적인 안내자 역할을 하는 두 사람이 더 있다. 그 한 사람은 로마의 시인 스타티우스(Publius Papinius Statius, 기원후 45?~96)이다. 그는 연옥에서 죄를 완전히 씻고 천국으로 올라가던 중 단테와 베르길리우스를 만나 함께 올라간다. 그는 연옥의 여섯째 둘레부터 함께 가면서 이따금 베르길리우스를 대신하여 단테의 물음에 대답해주기도 한다(「연옥편」 22곡 이하). 다른 한 사람은 성 베르나르두스(1091~1153)이다. 그는 하느님이 있는 최고의 하늘에서 베아트리체를 대신하여 단테를 안내한다(「천국편」 31곡 이하).

안내자들은 단테의 여행에서 아주 중요한 역할을 한다. 단지 저승 세계를 보여주는 길잡이 역할뿐 아니라, 여행의 동반자이며 동시에 보호자로서의 역할도 한다. 길 안내 외에도 저승 세계의 구조와 배치에 대해 설명하고, 단테가 여러 영혼들과 이야기를 나눌 수 있도록 배려해준다. 또한 단테는 그들에게 궁금한 것을 질문하고, 보고 싶거나 하고 싶은 것을 부탁한다. 안내자들은 단테가 겉으로 차마 표현하지 못하는 속마

음까지 미리 알아채고 필요한 것을 해결해주기도 한다.

그렇게 단테는 여러 안내자를 따라 저승 세계를 여행하고 돌아온다. 『신곡』에서 이제는 단테 자신이 안내자가 되어 독자들을 순례의 길로 안내한다. 그러면서 죽음 이후의 영혼들이 어떻게 살아가는지 그 생생한 모습을 보여준다. 단테를 따라 독자는 이승에서 저승으로, 지금 우리가 살아가는 "이곳에서 영원한 곳으로"(「지옥편」 1곡 114행) 정신적 순례를 떠나게 된다. 그곳은 안내자 없이는 갈 수 없고, 살아서 다시 나오기도 힘든 곳이다.

『신곡』의 원천

단테는 『신곡』을 구상하는 데 참고로 한 작품이나 작가들을 거의 밝히지 않았기 때문에 정확한 출전을 확인하기는 어렵다. 다만 저승 세계의 여행이라는 주제와 관련하여 다양한 문학적 전통에서 비슷한 이야기들을 찾아볼 수 있다. 단테는 본격적인 여행을 떠나기 전에 "나는 아이네이아스도 아니고 바울로도 아니다."(「지옥편」 2곡 32행)라고 말하면서 자신이 살아 있는 몸으로 저승 여행을 할 자격이 있는지 묻는다. 여기서 단테가 말하는 아이네이아스와 사도 바울로(「고린토 인들에게 보낸 둘째 편지」 12장 2절 참조)는 저승 여행의 두 가지 선례에 해당한다. 물론 이 두 가지 외에도 단테는 그리스와 로마의 신화, 『성서』, 중세의 여러 여행 이야기, 그리고 민중 사이에 유행하던 기담(奇談)과 전설들에서 작품의 소재들을 이끌어냈다.

『신곡』의 원천과 관련하여 흥미로운 사실 하나는 바로 아랍 문화의 영향을 받았다는 주장이다. 즉, 아랍의 저승 여행 이야기들을 모델로 했다는 것이다. 이러한 주장은 18세기 후반부터 제기된 것으로, 유럽 중심적인 완고한 단테 학자들의 부정이나 무시에도 불구하고 어느 정도 구체적으로 확인된 사실이다. 특히 스페인의 성직자이며 뛰어난 이슬람 학자였던 팔라시오스(M.A.Palacios, 1871~1944)는 방대한 저술을 통해 아랍의 종말론 이야기와 『신곡』 사이에 놀라울 정도로 비슷한 점들이 많다는 사실을 지적했다.

사실 아랍 세계에서는 7세기 무함마드에 의해 이슬람교가 창시된 이후 8, 9세기에 걸쳐 무함마드의 저승 여행 이야기(소위 '야간 여행'과 '승천'의 이야기)들이 널리 확산되어 있었다. 그리고 그것은 이베리아 반도에 정착한 아랍인들을 통해 13세기 유럽에도 어느 정도 알려져 있었다. 특히 카스티야 왕국의 알폰소 10세(1221~1284)의 궁정은 아랍 문화와 유럽 문화가 어우러지는 중심지 역할을 했다. 당시 유럽에서는 십자군 원정의 결과 이슬람 세계와의 교류가 활발해지면서 아랍 문화가 널리 유행하게 되었다. 철학과 자연과학 등 학문 분야뿐 아니라, 동화나 민담, 의상, 음식, 향수, 놀이, 무기 등 일상생활 전반에서 이국적인 아랍 문화가 널리 확산되었다. 그런 분위기에서 단테는 아랍의 저승 이야기들을 접했을 가능성이 높다. 단테처럼 지식욕이 풍부한 인물이 그런 유행과 세태를 간과했을 리 없다.

물론 『신곡』이 아랍의 저승 여행 이야기들에서 영향을 받았다는 직접적인 증거는 없다. 단테는 아랍어를 전혀 몰랐다. 그런데 20세기 중엽에 발견된 『무함마드의 계단의 책』은 하나의 구체적인 물증이 된다. 그것은 원래 9세기경 아랍어로 씌어진 작품인데, 13세기 알폰소 10세의 궁정에서 카스티야어로 번역되었고, 거기에서 또다시 라틴어와 프랑스어로 번역되었다. 현재 아랍어 원본은 찾을 길이 없고 중역(重譯)된 라틴어와 프랑스어 텍스트만 발견되었다. 여러 가지 정황으로 미루어볼 때 단테는 이 책을 직접 읽었거나 최소한 그 내용에 대해 들었을 가능성이 많다. 이 책과 『신곡』 사이에는 놀라울 정도로 많은 유사성이 발견된다. 저승 세계의 구조와 형상을 비롯하여 가브리엘 천사의 안내자 역할, 여행의 방식(무함마드의 저승 여행도 밤에 예루살렘에서 출발한다), 하느님을 묘사하는 빛의 형이상학 등 여러 가지 면에서 비슷한 주제와 서술 방식들이 발견된다. 우연의 일치로 보기에는 어려울 정도로 내용과 형식에서 서로 비슷하다.

이것은 편협한 유럽 중심적 사고방식에 시사하는 바가 크다. 특히 문명 교류의 관점에서 상호 영향 관계는 자연스러운 것이다. 여기에 문화적 이기주의가 개입하면 불화와 반목을 낳을 뿐이다. 그렇게 "불화의 씨앗을 뿌리는 자"는 『신곡』이나 『계단의 책』 모두에서 혓바닥이 쪼개지는 형벌을 받는다. 불화와 분열의 죄는 주로 혀를 사용하여 저지르기 때문이다. 그리고 그것은 단테에게도 일부 책임이 있다. 1988년 말 인도 출신의 영어 작가 루슈디(S. Rushdie)가 『악마의 시 *The Satanic Verses*』를 출판하면서 이슬람 세계의 반감을 사고, 특히 이란의 호메이니에 의해 신성 모독 혐의로 공개적인 살해 협박을 받고 도망 다닐 무렵, 이탈리아에서는 혹시 그런 여파가 단테에게도 미치지 않을까 염려하는 목소리들이 있었다. 그래서 단테의 시신이 잠들어 있는 라벤나에서는 특별히 경계를 강화하기도 했다. 그 이유는 무엇보다도 「지옥편」 28곡 22~63행에서 이슬람교의 창시자 무함마드를 지극히 부정적인 이미지로 묘사하고 있기 때문이다. 가톨릭에 충실한 단테의 입장에서는 불가피했을 수도 있지만, 어쨌든 아랍의 영향을 받았으면서도 다른 한편으로 그것을 부정하는 아이러니컬한 상황이 벌어진 것이다.

그리고 단테가 아랍 문화의 영향을 받아 작품으로 형상화했다고 해서 '시성(詩聖)'으로서의 업적이 축소되는 것은 아니다. 아랍 문화의 영향을 받았다고 하더라도 그 모든 것을

『신곡』이라는 고도로 건축학적이고 기하학적인 치밀한 구조의 우주로 재창조해낸 것은 누구도 부정할 수 없는 위대한 업적이기 때문이다. 분명히 『신곡』은 단테가 저승의 순례를 문학적 구실로 삼아 자신의 모든 사상과 관념을 총체적으로 종합하고 체계화한 것이며, 가히 중세 지식의 총체적 백과사전으로서 그 중요성을 갖는다. 또한 이탈리아어의 아버지로서 그의 탁월한 문체와 표현 방식들은 심지어 스승 베르길리우스 이상으로 "넓은 언어의 강물을 흘려보내는 원천"(「지옥편」 1곡 80행)으로 남아 있다. 다른 한편으로 아랍 문화의 영향을 받았다고 해서 부끄러워할 것도 없다. 상호 텍스트성의 관계에서 서로 영향을 주고받는 것은 당연한 현상이기 때문이다.

4 장 — 저승 세계의 구조

Dante Alighieri

『신곡』의 저승 세계

  『신곡』에서 묘사된 저승 세계의 구조는 고도로 기하학적이고 체계적인 구조를 보이고 있다. 지옥과 연옥, 천국으로 구별되는 저승의 세 구역은 가톨릭의 내세관을 반영하는데, 단테는 이것을 활용하여 풍부한 상상력으로 극적인 이야기들을 엮어간다. 『신곡』의 무대가 되는 저승 세계의 구조는 지극히 치밀하면서도 복잡하게 구성되어 있다. 지옥과 연옥은 주로 단테의 상상력에 의해 창조된 것이지만, 천국의 기본 구조는 기원 후 2세기경 이집트 알렉산드리아 출신의 천문학자이자 수학자 프톨레마이오스의 우주관을 따르고 있다. 그것은 바로 중세 가톨릭의 공식적인 우주관과 일치한다. 그렇지만 전반적으로 볼 때 단테의 우주관은 아리스토텔레스의 물

보티첼리가 그린 지옥.

리학과 신플라톤주의, 그리고 가톨릭의 교리가 혼합되어 형성된 것이다.

저승의 구조와 형성 방식에 대해 논의하기 전에 먼저 중세의 일반적인 견해들을 토대로 단테가 묘사하는 지구의 형상에 대해 알아볼 필요가 있다. 당시에 지구가 공처럼 둥글다는 사실은 이미 널리 알려져 있었다. 하지만 그 규모나 구체적인 지리에 대한 관념은 지금과 달랐다. 『신곡』에서 단테는 지구의 북반구에만 육지가 있어 사람들이 거주할 수 있고, 남반구는 온통 물로 뒤덮인 바다로 되어 있다고 생각했다. 또한 인간이 사는 북반구의 중심은 예루살렘이고, 동쪽 끝은 인도, 서쪽 끝은 스페인이라고 생각했으며, 인도와 스페인은 바로 지구를 두 개의 반구로 나누는 경계선상에 위치하는 것으로 믿었다. 따라서 이러한 견해에 의하면 인도와 예루살렘, 예루살렘과 스페인은 각각 경도 90도의 거리, 즉 시간상으로는

6시간의 차이가 나는 거리에 있다. 반면 앞에서 말했듯이 연옥의 산은 예루살렘의 정반대 대척점인 대양 한가운데에 솟아 있다.

그리고 우주의 중심은 지구였다. 그것은 「창세기」에서 언급했듯이 하느님이 6일 동안에 걸쳐 천지를 창조했다는 이야기와 어울리는 우주관이었다. 코페르니쿠스와 갈릴레이에 의해 지구가 태양의 둘레를 돌고 있다는 지동설이 인정되기까지는 아직도 몇 세기를 기다려야 했다. 프톨레마이오스의 우주는 하늘의 별들과 행성들이 지구를 중심으로 하여 서로 다른 속도로 회전하고 있는 것으로 보았다. 그런 관념을 토대로 단테는 『신곡』에서 나름대로 저승 세계의 위치와 형상, 구체적인 지형과 지리를 상상해냈다.

지옥

지옥으로 들어가는 입구는 예루살렘의 땅 밑에 있다. 지옥은 깔때기 또는 뒤집힌 원뿔의 형상으로 지하 세계에 위치하고 있으며, 그 끄트머리는 바로 지구의 중심에 닿아 있다. 지옥은 크게 보아 9개의 원으로 구분된다. 각각의 원은 일종의 계단과 같은 모습으로 되어 있고, 거기에서 죄지은 영혼들이 형벌을 받고 있다. 지옥으로 떨어지는 영혼들은 지상에서 저지른 죄의 유형에 따라 상이한 형벌을 받는다. 원들은 아래로 내려갈수록 더 좁아지고 가해지는 형벌도 더욱 고통스러워진다. 단테와 베르길리우스는 왼쪽 방향으로 돌면서 이 지옥의 원들을 차례로 거쳐 간다(중세의 민간 속설에 의하면 왼쪽은 사악하고 부정한 것을 상징하고, 오른쪽은 그 반대로 옳고 정당한 것을 상징한다). 그러면서 수많은 영혼들과 만나고 때로는 그들과 이야기를 나누기도 한다.

지옥으로 떨어지는 영혼들은 지옥의 뱃사공 카론의 배를 타고 아케론 강을 건너간다. 그리고 죄의 심판관 미노스의 판결에 따라 형벌의 장소가 정해진다. 카론이나 아케론 강, 미노스 등은 모두 그리스 신화에 나오는 인명 또는 지명이다. 단테는 『신곡』에서 중세적 관념에 따라 고전 신화의 여러 인물과 괴물을 자의적으로 바꾸어 배치하고 있다. 죄지은 영혼이 자신의 죄를 고백하면 미노스는 지옥의 어디에 적합한가를 판단하여, 그 숫자만큼 자기 꼬리로 영혼을 감아 내동댕이 친다. 그러면 죄지은 영혼은 아홉 개의 원 중 하나에 떨어져서 자신의 죄에 합당한 형벌을 받게 된다. 단테가 묘사하는 지옥의 개략적인 구조와 그곳에서 벌을 받는 영혼들의 배치는 다음과 같다.

- 입구 지옥: 게으른 자들, 소심함이나 비열함으로 인해 선을 행하지 못한 영혼들이 있는 곳이다. 이곳은 본격적인 지옥은 아니지만 여기 떨어진 영혼들은 지옥에 버금가는 고통스러운 형벌을 받는다.

- 제1원(Limbo): 미처 세례를 받지 못하고 죽은 아이들의 순진한 영혼들, 그리스도를 믿지 않았지만 덕성 있는 영혼들이 있는 곳이다. 이곳의 영혼들은 육체적 고통은 받지 않

으나 영원히 천국에 오를 수 없다는 정신적 형벌을 받고 있다.

- 제2원: 호색한이나 간통의 죄인들, 애욕의 죄인들이 벌 받는 곳이다.

- 제3원: 탐식자들.

- 제4원: 인색한 자와 재물을 낭비한 자들.

- 제5원: 분노한 자와 교만한 자들.

- 제6원: 이교도와 이단들.

- 제7원: 폭력의 죄인들이 벌 받는 곳이다. 이곳 제7원은 다시 세 개의 둘레로 구분된다. 첫째 둘레에는 이웃에게 폭력을 행사한 죄인들, 예를 들어 살인자나 폭군, 약탈자 등이 벌을 받는다. 둘째 둘레는 자기 자신이나 소유물에 대해 폭력을 행사한 자들, 예를 들어 자살자나 방탕한 자들이 벌 받는 곳이다. 마지막으로 셋째 둘레는 신성(神聖)이나 자연의 순리와 법칙에 거슬러 폭력을 행사한 자들, 예를 들어 하느님에게 불경한 자, 남색(男色)을 좋아한 자, 고리대금업자 등이 배치된다.

- 제8원: 기만의 죄인들이 벌 받는 곳이다. 이 제8원은 다시 10개의 구렁, 즉 '사악한 자루'인 '말레볼제(malebolge)'로 나뉘어 있다(이 용어는 단테가 만들어낸 것이다). 각각의 구렁에서 벌 받는 영혼들을 순서대로 열거해보면, 뚜쟁이

와 유혹자, 아첨한 자, 성직 매매자, 점쟁이와 마술사, 탐관오리, 위선자, 도둑, 사기를 교사한 자, 분열을 조장한 자, 화폐나 문서를 위조한 자들이다.

- 제9원: 자신을 신뢰하는 사람들을 배반한 자들이 벌 받는 곳이다. 이곳 역시 다시 4개의 구역으로 나뉘어 있다. 각 구역의 이름은 단테가 죄의 성격에 맞도록 지어낸 것이다. '카이나'는 인류 최초의 살인자 카인의 이름에서 유래한 곳으로, 가족이나 친척들을 배신한 자들이 벌을 받는 곳이다. '안테노라'는 조국을 배반했던 트로이의 장군 안테노르의 이름에서 따온 것으로, 조국을 배반한 자들이 그곳에 떨어진다. '톨로메아'는 「마카베오 상」 16장 11~16절에 나오는 프톨레매오(이탈리아어로는 톨로메오)와 똑같은 죄를 지은 자들, 말하자면 손님을 배반한 영혼들이 형벌을 받는 곳이다. 그리고 마지막 구역인 '주데카'에서는 예수를 팔아먹은 가리옷의 유다(이탈리아어로는 주다)처럼 자신에게 은혜를 베풀어준 사람들을 오히려 배신한 죄인들이 끔찍한 고통의 형벌을 받는다. 그들은 얼음 속에 꽁꽁 얼어붙어 있는데, 그중에 세 명은 아주 특별한 형벌을 받는다. 바로 예수를 배신한 유다, 그리고 카이사르의 암살을 주동한 브루투스와 카시우스이다. 이 세 죄인들은 지옥의 마왕 루키페르(Lucifer)가 직접 고통스러운 형벌을 가한다.

루키페르는 얼굴이 3개에다 팔이 3쌍인 박쥐 날개를 가진 괴물 형상으로 묘사되어 있는데, 각각의 입에 3명의 죄인을 하나씩 물고 짓씹으면서 날카로운 발톱으로 등줄기를 사정없이 할퀴고 있다. 루키페르는 모든 중력이 집중되는 지구의 중심에 틀어박혀 있으면서 지옥 전체를 지배한다. 루키페르는 원래 빛의 천사였으나(라틴어 이름은 '빛을 발하는 자'라는 뜻) 한 무리의 다른 천사들을 이끌고 하느님에게 반역한 결과, 하늘에서 떨어져 지구의 한 중심에 처박히게 되었다고 한다(「요한 묵시록」 12장 9절 참조).

따라서 전체적으로 지옥은 아홉 개의 원으로 나뉘어 있지만, 세부적으로는 모두 24개의 구역으로 또다시 나뉜다. 이러한 지옥의 기하학적 구조는 많은 사람의 상상력을 자극했다. 어떤 사람들은 실제로 그 크기를 계산해보기도 했는데, 예루살렘 바로 아래 원의 지름은 약 3950마일(6357킬로미터)이고, 대략 지구의 반지름과 같다고 주장하는 사람도 있었다. 갈릴레이는 지구의 반지름이 그보다 몇 백 마일 더 짧은 것으로 계산하기도 했다. 어쨌든 그것은 상상하기 힘들 정도로 커다란 규모를 자랑한다. 실제로 단테는 지옥을 거쳐 가면서 어떤 원도 완전하게 한 바퀴 돌아보지는 못했다고 말한다(「지옥편」 14곡 127행 참조).

연옥

연옥은 남반구의 끝없는 바다 한가운데 솟아 있는 높다란 산의 형상으로 묘사된다. 이 정죄(淨罪)의 산은 일곱 개의 원 또는 둘레로 구분되어 있다. 그것은 마치 원반 7개가 포개진 모습이고, 정상을 향해 올라갈수록 그 반지름이 줄어드는 모양으로 되어 있다. 그러니까 지옥과는 반대 형상으로 산허리가 계단 모양 또는 일종의 선반처럼 되어 있다.

단테의 설명에 의하면, 죽은 뒤 연옥으로 가게 되는 영혼들은 모두 오스티아에 집결한다. 오스티아는 로마를 가로질러 흐르는 테베레 강의 어귀에 있는 항구이다. 거기서 영혼들은 천사의 거룻배를 타고 망망대해를 가로질러 연옥의 해변에 도착하게 된다. 그런데 이 세상에서 지은 덕행에 따라 천사의 배에 오르는 차례가 결정되기 때문에 때로는 아주 오랜 세월 동안 기다리기도 한다.

단테는 연옥을 지키는 수문장으로 우티카의 카토(Marcus Porcius Cato, 기원전 95~46)를 세우고 있다. 그는 일명 '소(小) 카토'라고도 하는데, 그의 증조부로 재무관을 역임한 '대(大) 카토'와 구별하기 위해서이다. 또는 우티카에서 자결했기 때문에 이탈리아에서는 '우티카의 카토'라고 부른다. 로마의 정치가 카토는 원로원을 중심으로 한 공화제의 전통을 강력하게 옹호했으며, 카이사르와 폼페이우스의 싸움으로 로마가 분열되었을 때 폼페이우스의 편에 섰다. 그러나 카이사르에게 패배하자 아프리카 북부 옛 카르타고 근처에 있는 우티카에서 자살했다. 원래 자살자는 지옥에 떨어져야 하며, 그곳에서 나무가 되어 괴물 하르피아이에게 뜯어 먹히는 고통을 당해야 한다. 그런데도 단테가 그를 연옥의 수문장으로 설정한 것은 그에 대한 중세의 평판 때문이었다. 중세에 카토는 공화정의 이상을 옹호하고 독재에 대항한 자유의 수호자이자 도덕적 인물로 높이 평가되었다.

단테는 「지옥편」 34곡 121~126행에서 그의 풍부한 상상력을 동원하여 반역한 천사 루키페르의 추락을 주제로 흥미로운 이야기를 제공한다. 하늘나라에서 추방된 루키페르는 지구의 남반구로 떨어졌다. 이때 남반구를 뒤덮고 있던 육지는 떨어지는 루키페르가 무서워 "바다의 너울을 뒤집어쓰고" 속으로 숨어 들어가 북반구로 솟아올라 육지가 되었다. 그리고 루키페르가 지구의 중심에 틀어박힐 때 그와 맞닿는 것을 두려워한 땅이 남반구의 바다 위로 솟아올라 연옥의 정죄산을 이루었으며, 그 땅이 솟아오른 지하에는 텅 빈 동굴이 남아 있다. 지옥을 거쳐 지구의 중심을 통과한 단테와 베르길리우스는 바로 이 동굴을 기어올라 연옥의 해변에 도달하게 된다.

연옥의 영혼들도 지상에서 지은 죄에 대한 형벌을 받는다. 하지만 지옥의 형벌과는 다르다. 지옥에서는 저주받은 영혼들의 형벌과 고통이 영원히 지속되지만, 연옥의 형벌은 일정 기간 동안만 받는다. 그리고 자신의 죄를 다 씻어낸 영혼은 천국으로 올라갈 수 있다. 그렇기 때문에 연옥의 영혼들은 즐겁고 기쁜 마음으로 형벌을 달게 받는다.

단테와 베르길리우스는 지옥에서와는 달리 오른쪽 방향으로 돌면서 연옥의 산을 오른

조토가 파도바(Padova)의 스크로베니(Scrovegni) 성당에 그린 프레스코 벽화. 지옥과 지옥의 마왕 루키페르.

다. 본격적인 연옥의 입구에서 문지기 천사는 단테의 이마에다 칼끝으로 일곱 개의 P자를 새겨준다. 그것은 '죄'를 의미하는 라틴어 peccatum의 머리글자이다. 이 글자들은 단테가 연옥의 일곱 구역을 지날 때마다 그곳을 지키는 천사가 하나씩 지워준다. 연옥에서 형벌을 받는 영혼들이 저지른 죄는 가톨릭에서 말하는 일곱 가지 대죄로 구분되어 있다. 연옥의 산 정상에 있는 지상 천국을 제외하면, 연옥에서 죄의 등급과 이에 상응하는 형벌은 지옥과 거의 유사하다. 다만 연옥의 형벌은 악마가 아니라 천사들에 의해 가해지고, 영혼들은 영원한 해방의 희망과 함께 즐거운 마음으로 형벌을 받아들인다. 물론 그들이 천국으로 오르는 데 가장 중요한 것은 지상에 살고 있는 자들의 기도이다. 연옥의 각 둘레에서 정화되는 죄들의 배치는 다음과 같다.

- 입구 연옥: 이곳은 게으름 때문에 하느님에게 늦게 귀의한 자들, 파문당한 자들, 죽을 때가 되어서야 참회한 영혼들이 본격적인 연옥에 들어가기 위해 기다리는 일종의 대기소와 같다. 이곳은 다시 두 개의 비탈로 구분되어 있다.
- 첫째 둘레: 교만
- 둘째 둘레: 질투
- 셋째 둘레: 분노
- 넷째 둘레: 나태

- 다섯째 둘레: 탐욕
- 여섯째 둘레: 탐식
- 일곱째 둘레: 방탕

　마지막으로 연옥의 산 꼭대기에는 지상 천국이 자리 잡고 있다. 아름답고 신선한 풀밭과 맑은 강물, 우거진 숲과 꽃들이 만발한 그곳은 태초에 아담과 이브가 살았던 에덴동산과 같다. 단테가 라벤나 근처의 해변에 있는 키아시(현재 이름은 클라세)의 소나무 숲을 모델로 이 지상 천국을 묘사했다고 주장하는 사람도 있다(「연옥편」 28곡 19~21행 참조). 단테는 연옥의 낭떠러지들을 거쳐 이곳 지상 천국에 올라가 드디어 베아트리체를 만나게 된다. 베아트리체는 신비롭고 환상적인 행렬과 함께 천사들이 꽃을 뿌리는 가운데 하늘에서 내려온다. 단테는 그녀에게 자신의 모든 죄를 고백한다. 그리고 죄의 기억을 말끔히 없애주는 망각의 강 레테(Lethe)에서 몸을 씻고 강물을 마신 다음, 마지막으로 선의 기억을 되살려주는 에우노에(Eunoe) 강물을 마신다. 그렇게 완전히 깨끗해진 몸과 영혼으로 단테는 천국으로 올라가게 된다.

천국

천국은 아홉 개의 하늘, 즉 공 모양의 천구(天球)들이 지구를 중심으로 겹쳐진 채 서로 다른 속도로 회전하고 있는 모습으로 묘사된다. 맨 꼭대기에는 하느님이 자리하고 있는 최고 빛의 하늘 '엠피레오(Empireo, 청화천(淸火天) 또는 지고천(至高天))가 있다. 각각의 하늘에는 2세기 무렵의 그리스 출신 신학자로 알려진 위(僞) 디오니시우스(Pseudo-Dionysius)의 분류에 따라 아홉 가지 계급으로 나뉜 천사들이 자리 잡고 있다(「천국편」 28곡 참조). 하느님의 힘과 권능은 이 아홉 품계의 천사들에게 내려지고, 다시 이 천사들로부터 인간과 우주의 모든 구성 존재들에게 전달된다. 각각의 하늘에는 그곳에 어울리는 축복받은 영혼들과 천사들이 배치되어 있는 것으로 묘사된다.

하지만 단테는 천국의 영혼들이 모두 최고의 하늘 엠피레오에서 하느님 곁에 있다는 사실을 강조한다. 즉, 각자에게 할당된 하늘에 고정적으로 있어야 하는 것은 아니다. 지옥의 영혼들이 죄에 상응하는 구역에 배치되는 것과는 다르다. 단테가 천국에 오르는 동안 각 하늘의 성격에 부합하는 영혼들이 등장하는 것은 인간의 감각과 지성으로 이해할 수 있도록 하기 위한 것이다. 그렇기 때문에 각 하늘에서 나타나는 영혼들은 단테와 이야기를 나눈 다음 모두 다시 최고의 하늘로 올라간다. 그렇다면 각 하늘의 등급이나 순서는 커다란 의미가 없다. 어쨌거나 「천국편」에서 묘사되는 각 하늘에 등장하는 영혼과 그곳을 관장하는 천사들의 이름은 다음과 같다.

- 제1천 월천(月天): 서원(誓願)을 완전히 채우지 못한 영혼들. 천사들.
- 제2천 수성천(水星天): 영광의 선을 위해 노력한 영혼들. 대천사(大天使)들.
- 제3천 금성천(金星天): 사랑하는 영혼들. 권천사(權天使)들.
- 제4천 태양천(太陽天): 현명한 영혼들. 능천사(能天使)들.
- 제5천 화성천(火星天): 믿음을 위해 싸운 영혼들. 역천사(力天使)들.
- 제6천 목성천(木星天): 정의로운 영혼들. 주천사(主天使)들.

- 제7천 토성천(土星天): 관조적인 삶을 살았던 영혼들. 좌천사(座天使) 또는 트로니(throni) 천사들.

- 제8천 항성천(恒星天): 붙박이별들의 하늘. 지천사(智天使) 또는 케루빔(cherubim) 천사들.

- 제9천 원동천(原動天): 모든 우주에 최초의 움직임을 가하는 수정(水晶)의 하늘. 치천사(熾天使) 또는 세라핌(seraphim) 천사들.

- 제10천 엠피레오: "강물처럼 흐르는 빛"(「천국편」 30곡 61행)의 하늘로서 하느님이 계신 곳이다. 하느님 주위에는 천사들과 지복자(至福者)들이 "순백의 장미와 같은 형상으로"(31곡 1행) 에워싸고 있다. 여기에서 단테는 마침내 하느님과 마주하게 되는데, 하느님의 형상을 어떻게 구체적으로 묘사할 것인지 좋은 방법을 찾지 못한다. 결국 단테는 하느님을 "그 자체로서 진리인 고귀한 빛"(33곡 53행)으로 표현한다. 그 빛은 바로 삼위일체의 신비로서 "고귀한 빛의 깊고도 해맑은 실체 속에서 완전히 동일한 세 가지 빛깔의 세 가지 원"으로 나타난다(115~117행). 또한 그것은 바로 모든 우주에 생명력을 불어넣는 사랑, 즉 "해와 별들을 움직이는 사랑"(144행)이다. 이 신비로운 빛의 관조와 함께 단테의 여행은 끝이 나고 위대한 서사시 『신곡』도 막을 내리게 된다.

5 장 ― 죄와 벌

Dante Alighieri

콘트라파소

　『신곡』을 읽다보면 마치 현대의 첨단 기법들을 동원한 일종의 멀티미디어 작품 속에 들어가 있는 듯한 느낌이 든다. 우리의 모든 감각기관을 자극하면서 최대한 생생하고 실감나는 체험 효과들을 제공한다. 그리하여 이야기의 단순한 구경꾼이 아니라, 이야기되는 세계 속으로 직접 들어가 그곳에서 벌어지는 사건들을 실제로 경험하는 듯한 착각을 준다. 그것은 무엇보다 현실감 넘치는 생생하고 뚜렷한 묘사에서 비롯되는 현실 효과이다.『신곡』은 시각적 효과와 함께 청각적 효과, 심지어 촉각과 후각을 직접 자극하는 듯한 효과까지 한꺼번에 제공한다.

　현장감 넘치는 표현과 묘사들은『신곡』전반에서 찾아볼

수 있지만, 가장 강렬한 효과를 보이는 곳은 단연 지옥이다. 단테의 풍부한 상상력은 독자의 눈앞에 죄와 벌의 모습을 생동감 있게 재현한다. 놀라울 정도로 뛰어난 표현 능력 덕분에 지옥에 떨어진 영혼들의 고통스러운 비명과 탄식, 울음, 절규들이 생생하고 또렷하게 되살아난다. 거기에다 형벌을 가하는 악마들의 조롱과 욕지거리, 외침은 독특한 청각적 효과음을 창출하고, 때로는 코를 진동시키는 냄새와 악취까지 덧붙여준다.

『신곡』의 노래 세 편 중 「지옥편」이 다른 두 편과 비교해 가장 많이 인용되고 언급되며, 「지옥편」과 관련된 논문이나 비평이 가장 많다. 가장 참혹하고 역겹고 무서운 곳인데도 오히려 가장 주목을 받고 있는 것이다. 그 이유는 여러 가지일 것이다. 지옥이 좀 더 인간의 현실에 가까운 모습이라고 생각할 수도 있고, 연옥이나 천국의 단조로운 진행과는 달리 다양한 인물과 사건들을 통해 극적인 긴장감을 제공하기 때문일 수도 있다. 또는 지옥의 군상들이 인간의 초라함과 나약함을 보여주기 때문일 수도 있다. 분명히 「지옥편」은 가장 다양하고 역동적이며, 가장 극적이고 인간성이 풍부한 세계를 보여준다. 전체적으로 볼 때 「지옥편」은 단테의 삶과 사상과 예술이 가장 완벽하게 융합된 최고의 걸작이라고 주장하는 사람도 있다.

다른 한편으로는 형벌과 고통의 강렬함이 독자에게 쉽게 지울 수 없는 뚜렷한 인상을 남겨주는 것도 하나의 이유가 될 것이다. 지옥에서 묘사되는 형벌들은 거의 대부분 독자의 머릿속에 선명한 이미지를 남긴다. 『신곡』에서 영감을 받아 만들어진 영화나 그림, 조각, 음악 작품들은 대개 그런 강렬한 인상을 재현하고 있다. 엽기적이고 천재적인 살인마의 이야기를 다룬 영화 「한니발」(2001)에서 단테와 『신곡』이 거론되는 것도 아마 그런 이유일 것이다.

죄의 종류와 형벌의 양상들도 다양하다. 이기적이고 나태한 영혼들에게 들러붙어 피와 눈물을 빨아먹는 왕벌과 파리와 벌레들, 더러운 진흙탕 위로 어두운 대기를 뚫고 집요하게 내리는 차가운 비, 애욕의 죄인들을 쉴 사이 없이 휩쓸어가는 폭풍, 분노한 자들이 잠겨 있는 스틱스의 검은 늪, 이교도와 이단자들이 누워 있는 시뻘겋게 불타오르는 관(棺), 자살자들의 고통스러운 나무 숲, 끓어오르는 피의 강 플레게톤, 불비로 뜨겁게 달구어진 모래밭, 바위 바닥에 뚫린 구멍 속에 거꾸로 처박혀 발바닥에 불의 세례를 받고 있는 교황, 머리가 등 뒤로 돌아간 점쟁이와 마술사들, 시커멓게 끓어오르는 끈적끈적한 역청(瀝靑) 속에 잠긴 탐관오리들, 더러운 똥물 속에 잠겨 있는 아첨꾼들, 얼어붙은 호수 코키토스 속에서 꽁꽁 얼어 있는 배신자들 등등 「지옥편」에서 묘사되는 수많은 이미

루카 시뇨렐리(Luca Signorelli)
의 그림. 지옥의 모습 세부.

지는 인간이 상상해낼 수 있는 모든 형벌을 보여주는 듯하다.
『신곡』은 "사악하게 살아가는 세상에 도움"을 주고(「연옥편」
32곡 103행) 가능한 많은 사람을 구원으로 인도하기 위한 의
도에서 집필되었다. 죄와 벌의 모습들은 그런 의도를 효과적
으로 전달하기 위한 수단으로 중요한 역할을 한다. 무서운 형
벌은 죄를 짓지 않도록 경고하는 효과가 있기 때문이다. 그리
고 우리 자신의 죄에 대해 되돌아보게 만든다.

지옥의 갖가지 형벌은 종종 소름 끼칠 정도로 끔찍한 이미
지들을 제공한다. 그중에서도 대표적인 것으로 "잔혹한 식사"
(「지옥편」 33곡 1행)로 표현되는 처참한 상황이 있다. 지옥의 제
9원은 자신을 믿는 사람을 배신한 영혼들이 벌 받는 곳인데,
그들의 차갑고 냉혹한 마음을 상징하듯이 꽁꽁 얼어붙은 호수
코키토스의 얼음 속에 갇혀 매서운 추위에 시달리는 형벌을
받는다. 그들 중에서 단테는 얼음 속에서 거의 맞붙은 채 얼어

붙어 있는 두 영혼을 본다. 정확하게 말하자면 한 영혼의 뒷머리 쪽에 다른 영혼의 얼굴이 "모자"처럼 맞닿아 있는데, 뒤의 영혼이 앞에 있는 자의 머리와 뒷덜미를 "마치 배고픔에 빵을 씹어대듯이" 이빨로 물어뜯고 있다(「지옥편」 32곡 127행).

그들은 바로 피사의 귀족이었던 우골리노 백작과 루지에리 대주교이다. 두 사람은 생전에 서로 원수로 지내다가 지옥에서도 함께 있게 되어 그 악연이 영원히 이어지는 듯하다. 우골리노 백작은 피사의 정권을 장악하고 있었으나 1288년 루지에리 대주교와 여러 가문이 반란을 일으켜 정권을 빼앗겼다. 포로가 된 백작은 두 아들과 두 손자와 함께 탑 속에 갇혔고 거기서 모두 굶어 죽었다. 그런데 두 사람 모두 배신의 죄를 지어 코키토스 호수의 얼음 구덩이 속에 함께 얼어붙어 있게 되었다. 그리하여 우골리노 백작은 자식들과 함께 굶어 죽은 원한을 복수하듯이 루지에리 대주교의 뒷머리 골을 입으로 파먹고 있는 것이다.

이 끔찍한 이미지에서 두 가지 사실을 유추할 수 있다. 하나는 냉혹한 마음을 가진 배신자들은 그만큼 차가운 얼음 속에서 벌을 받는다는 점이고, 다른 하나는 굶주려 죽게 만든 대주교가 역으로 굶어 죽은 자의 "잔혹한 식사"가 된다는 사실이다. 이것은 죄와 벌 사이에 일종의 상관관계가 있음을 암시한다. 당연한 말이지만 영혼이 지옥에 떨어지는 것은 지상의 삶에서 지은 죄 때문이다. 그런 연유로 지옥의 영혼들이 저지른 죄의 성격과, 그들에게 가해지는 형벌 사이에는 분명한 인과적 관계가 형성된다.

단테가 지옥에서 묘사하는 여러 가지 형벌에는 공통적인 특징이 하나 있다. 죄인들은 바로 자기 죄의 성격이나 모양에 상응하는 형벌을 받는다. 그런 형벌을 가리켜 이탈리아어로 '콘트라파소(contrappasso)'라 부른다(「지옥편」 28곡 142행). 원래 아리스토텔레스의 용어를 스콜라 학자들이 번역해서 사용했다고 한다. 이러한 처벌 방식은 『성서』에서도 찾아볼 수 있다. 예를 들어 「출애굽기」 21장 24절, 「레위기」 24장 17~21절, 「신명기」 19장 21절, 「마태오」 7장 2절 등에서도 언급된다. 그것은 '대항적 고통'을 의미하는데 가해의 고통을 바로 가해자가 직접 겪도록 만드는 것이다. 일종의 인과응보에 해당하는 처벌 방식이다. 따라서 콘트라파소는 "눈에는 눈, 이에는 이"라는 표현으로 압축되는 아랍 문화의 처벌 방식인 '동해(同害) 처벌법(talion)'을 상기시킨다. 콘트라파소는 거의 모든 형벌의 양상에서 찾아볼 수 있다. 예를 들어 바람을 피운 애욕의 죄인들은 무서운 태풍에 이리저리 휩쓸려 다니는 벌을 받고, 폭력을 행사하여 피를 부른 죄인은 뜨겁게 끓어오르는 피의 강물 속에 잠겨 있어야 하고, 미래를 예언하던 점쟁이들은 머리가 180도로 돌아가 등 뒤쪽을 바라보고 걸어가야 하며, 분열과 불화의 씨앗을 뿌린 자들은 그 원인을 제공한 혀나 신체의 일부가 쪼개지는 형벌을 받는다.

이런 방식으로 단테는 죄의 고유한 속성과 그에 상응하는 형벌을 더욱 효과적으로 형상화한다. 따라서 형벌을 보면 무슨 죄를 지었는가도 알 수 있다. 사실 지옥의 형벌이 얼마나 가혹한지 영혼들의 생전 모습을 전혀 알아볼 수 없을 정도로 만들기도 한다. 그런데도 단테는 지옥을 거쳐 가면서 종종 벌의 형상을 보고 해당 영혼이 누구인지 알아내기도 한다. 바로 콘트라파소를 통해 추론하는 것이다. 이를테면 제6원에서 목소리와 형벌의 양상만 보고도 카발칸테의 영혼을 곧바로 알아본다(「지옥편」 10곡 64~65행 참조).

죄의 유형과 분류

단테는 저승 세계의 치밀하고 기하학적인 구조에 어울리게 영혼들을 배치하고 있다. 영혼들의 저승 배치는 각자 이승에서 살아 있었을 때 쌓은 죄과와 덕성에 따른 것이다. 그런데 인간이 저지르는 죄의 유형은 너무나도 다양하고, 또한 같은 죄에서도 그 정도가 그야말로 천차만별이다. 따라서 죄의 판결과 그에 따른 영혼의 배치는 『신곡』을 구상하면서 단테가 직면한 가장 커다란 문제 중의 하나였을 것이다. 그리고 그런 어려움은 저승 세계의 복잡한 구조 속에 그대로 반영되어 나타난다. 사실 『신곡』을 읽으면서 부딪히는 가장 커다란 어려움은 도대체 지금 저승의 어느 구역에 와 있고, 어떤 영혼들과 이야기하고 있는지 쉽게 알 수 없다는 점이다. 때로는 저승의 복잡한 미로 속에서 길을 잃고 헤매고 있다는 느낌이 들기도 한다. 그렇기 때문에 대부분의 번역본과 해설서들에는 지옥·연옥·천국의 구조와 배치 상황을 보여주는 그림과 도표들이 거의 필수적으로 붙어 있다. 독자는 그것들을 지도 삼아 자주 확인하면서 읽어야 길을 잃지 않는다.

그래도 여전히 혼란스러움을 느낄 것이다. 특히 지옥에서는 워낙 많은 죄인들이 등장하고 죄의 유형들도 다양하고 많기 때문이다. 앞서 말했듯이 지옥은 9개의 원으로 구성되고, 그것은 또다시 24개의 구역으로 나뉘어 있다(24란 숫자도 3의 8배수에 해당한다). 그것은 죄의 유형이 최소한 24가지로 분류된다는 것을 의미한다. 그런데 무엇을 기준으로 그렇게 분류했는지 쉽게 이해되지 않을 수도 있다. 지옥에서는 밑으로 내려갈수록 더 고통스러운 형벌이 가해진다. 따라서 죄가 무거울수록 밑에 있어야 한다. 그렇지만 어떤 형벌이 더 가볍고, 어떤 형벌이 더 큰 고통을 주는지 쉽게 구별되지 않는 경우도 있다. 대부분의 형벌이 모두 견딜 수 없을 정도로 고통스러운 것으로 묘사되기 때문이다. 거의 유일한 예외는 '림보'의 정신적 형벌로서 그것은 다른 고통에 비해 상대적으로 가벼워 보인다. 그 외에는 죄질과 형벌의 강도가 거의 비슷해 보이고, 경우에 따라서는 우리의 상식적인 견해와는 다르게 배치되어 있는 것처럼 보이기도 한다. 예를 들어 살인 같은 폭력의 죄보다 사기꾼이 더 아래에서 더 큰 형벌을 받는다.

물론 단테는 지옥에 배치된 죄의 분류 기준을 제공한다. 「지옥편」 11곡에서 베르길리우스의 입을 빌려 설명하는 바에 의하면, 지옥의 형벌들은 아리스토텔레스의 『윤리학』을 근거로 분류되었고, 인간이 죄를 저지르게 되는 세 가지 주요 원인은 바로 무절제, 악의, 미치광이 수심(獸心)(「지옥편」 11곡 82행)이다. 그러나 이런 설명이 정확하게 『윤리학』의 분류에 의한 것으로 보기는 어렵다. 아리스토텔레스의 분류는 무절제, 악의, 폭력 사이의 구별을 근간으로 하지 않는다. 단테가 사용하는 용어와 개념들은 대부분 아퀴나스를 비롯한 중세 스콜라 철학에서 나온 것이다. 어쨌든 두 시인이 제6원까지 내려오면서 묘사한 죄들을 순서대로 열거해보면, 그리스도를 믿지 않은 죄, 애욕, 탐욕, 인색함과 낭비, 분노, 이단 등 여섯 가지이다. 여기서 그리스도를 믿지 않은 죄를 제외하면 나머지 죄들은 모두 무절제에서 비롯된 것이다. 말하자면 욕심이나 감정, 호기심 등을 올바르게 절제하지 못함으로써 지은 죄들이다.

이와는 달리 수심은 폭력으로 이어지고, 악의는 기만 또는 사기의 죄를 짓도록 만든다. 이러한 폭력과 기만의 죄는 무절제보다 더 무거우며, 따라서 더 밑에서 벌을 받는다. 단테의 지옥은 크게 보아 상부 지옥과 하부 지옥으로 나뉜다. 이단을 제외한 무절제의 죄는 상부 지옥에서 벌을 받는데, 그것은 제5원까지 해당한다. 그 아래의 하부 지옥, 일명 디스(Dis)의 도시(「지옥편」 8곡 69행)에 있는 영혼들은 더 큰 고통을 받는다. 제6원에서는 이교도와 이단의 죄인들이 시뻘겋게 불타는 관속에 누워 있고, 폭력과 기만의 죄인들은 제7, 8, 9원에서 또다시 세분되어 다양한 벌을 받는다.

그리고 폭력과 기만 둘 중에는 기만이 폭력보다 더 나쁘다고 지적한다. 기만은 자연의 법칙과 순리를 거스르기 때문이라는 것이다. 기만의 악의적 성격을 강조하듯이 단테는 더욱 다양하게 세분하여 제8원과 9원에 배치하고 있다. 제8원에는 10가지의 각종 사기꾼들이 여러 가지 형벌을 받고 있으며, 제9원에는 기만 중에서도 가장 죄질이 나쁜 기만, 즉 자신을 신뢰하는 사람들을 배신한 자들이 배치되어 있다. 단테는 「지옥편」에서 기만의 죄에 대해 가장 오랫동안 이야기한다. 실제로 「지옥편」의 거의 절반인 18곡에서 34곡까지를 기만의 죄와 형벌에 대한 묘사로 할애하고 있다.

또한 지옥과 연옥에서 죄의 분류와 영혼들의 배치는 서로 달라 보인다. 지옥의 배치 체계는 연옥에서 열거되는 죄의 유형과 어느 정도 비슷하지만 완전히 일치하지는 않는다. 연옥의 배치는 가톨릭에서 말하는 7가지 대죄의 구별을 따르고 있다. 대죄는 경우에 따라 약간씩 다르게 번역되지만 교만·질투·분노·나태·탐욕·탐식·방탕의 죄를 가리킨다. 영혼들은 그런 죄에 해당하는 연옥의 산 허리의 일곱 둘레에서 그에 상응하는 형벌을 받는다. 그런데 지옥과는 달리 연옥에서는 교만이 가장 큰 죄이므로 맨 아래의 첫째 둘레에서 벌을 받는다.

형벌의 양상도 지옥과는 약간 다르다. 연옥에서도 콘트라파소의 원리는 그대로 적용된다. 교만의 죄인들은 무거운 바위를 등에 짊어지고 가야 하고, 질투의 죄인은 눈이 철사로 꿰매져 있고, 분노의 죄인들은 빽빽한 연기 속에서 참회하는 고통을 당해야 하고, 나태의 죄인들은 쉴 새 없이 숨 가쁘게 달려가야 한다. 또한 탐욕스럽거나 인색했던 영혼들은 땅바닥에 엎드려 속죄하고, 탐식의 영혼들은 비쩍 마른 몰골로 배고픔과 갈증을 참아야 하고, 방탕의 죄인들은 뜨겁게 타오르는 불길 속을 거닐며 속죄해야 한다. 하지만 가장 큰 차이는 그런 형벌을 받아들이는 자세의 차이일 것이다. 연옥의 영혼들은 모두 즐겁고 기쁜 마음으로 벌을 달게 받는다. 하루빨리 죄를 씻고 천국에 올라가기 위해서이다.

지옥에서는 불이나 눈, 비, 바람, 얼음 등 자연현상이나 악마들이 형벌을 가하지만, 연옥에서는 천사가 영혼들을 재촉하고 속죄하도록 인도한다. 그리고 연옥에서 속죄하는 영혼이 여러 가지 죄를 지었을 경우에는 차례대로 각각의 죄에 해당하는 둘레에서 벌을 받아야 한다. 예를 들어 스타티우스는 자신의 그리스도교 신앙을 오랫동안 감춘 나태의 죄로 넷째 둘레에서 400년 이상 벌을 받고(22곡 92~93행), 인색함의 죄로 다섯째 둘레에서 500년 동안 벌을 받아야 했다(21곡 67~69행). 거기에다 연옥으로 가는 항구나 연옥의 입구에서 대기했던 기간까지 합하면 거의 1200년 동안이나 벌을 받은 것이다. 참고로 삶의 막바지에 참회한 영혼은 연옥으로 가더라도 참회하기 이전 기간의 무려 30배에 해당하는 기간 동안 연옥의 입구에서 기다린 뒤에야 본격적인 연옥으로 올라가 속죄할 수 있다(「연옥편」 3곡 136~140행 참조).

연옥의 의미

지옥과 연옥의 차이는 실로 하늘과 땅 차이보다 크다. 지옥의 형벌은 영원히 지속되지만, 연옥의 형벌은 유한하다. 연옥에서는 사람에 따라 차이는 있지만 일정한 기간 동안의 고통스러운 속죄가 끝나면 천국으로 올라갈 수 있기 때문이다. 단테는 지옥에 떨어지는 영혼과 연옥에 가게 되는 영혼이 어떻게 구별되는지에 대한 뚜렷한 설명을 하지 않는다. 거의 모든 사람은 죄를 짓기 마련이고, 따라서 죽은 영혼은 으레 지옥이나 연옥으로 가게 된다. 극소수의 선택받은 자들만이 곧바로 천국으로 간다. 예컨대 순교자는 곧바로 천국으로 올라갈 수 있다(「천국편」 15곡 148행).

그렇다면 어떤 사람이 지옥으로 떨어지고, 어떤 사람이 구원을 받아 연옥으로 올라가는 것일까? 일반적인 견해에 의하면 자신의 죄를 참회하고 하느님에게 귀의하는 영혼들은 구원을 받는 것으로 알려져 있다. 즉, 살아 있는 동안 지은 죄에 대하여 고백성사를 통해 용서는 받았지만 거기에 해당하는 보속(補贖)을 완전히 하지 못한 채 죽은 영혼들이 연옥에 가는 것이다. 그렇다면 연옥에 가게 되는 결정적인 요소는 죄의 유무에 있는 것이 아니라, 참회와 더불어 가톨릭의 질서에 편입되고 종교적 믿음으로 귀의하려는 열망과 의지에 달려 있다. 연옥은 바로 그런 죄인들을 위해 마련된 중간적 저승이다. 그곳에서 죄에 상응하는 보속을 완수하고 깨끗해진 영혼은 천국으로 올라갈 수 있다.

사실 연옥은 독특한 곳이다. 연옥은 가톨릭 특유의 내세관과 종말론적 견해를 반영한다. 프랑스의 중세학자 자크 르 고프(Jacques Le Goff)는 저서 『연옥의 탄생』에서 연옥에 대해 상세하게 고찰한다. 거의 모든 문화권에서 저승은 천국과 지옥처럼 이분법을 토대로 한다. 그런데 연옥이라는 '제3의 처소'는 전적으로 가톨릭 세계에서 창조되었으며 12세기 무렵에 구체적으로 정착되었다고 지적한다. 하지만 르 고프는 연옥의 머나먼 뿌리를 더듬어보는 과정에서 힌두교, 유대교, 이집트의 신화와 동방의 다양한 저승 세계들을 소개하지만, 흥미롭게도 이슬람교의 저승 관념은 고려하지 않는다. 물론

6, 7세기 스페인 출신의 세 인물이 성 아우구스티누스의 관념과 비슷한 저승의 관념을 갖고 있었다고 지적하고, 특히 알폰소 10세의 궁정이 있던 톨레도의 주교를 인용하면서도 정작 이슬람교와의 관련성에 대한 지적은 없다. 그런데 팔라시오스에 의하면, 이슬람교에도 일찍부터 연옥에 해당하는 저승의 처소가 신학적으로 상당히 체계화되어 있었다.

여하간 연옥의 개념은 중세 가톨릭의 발전 과정에서 아주 중요한 역할을 했다. 연옥의 개념이 12세기 무렵에 정착되면서 『신곡』은 그것을 시적으로 승화시키고 널리 확산시키는 데 결정적으로 기여했다. 단테의 천재적인 시적 상상력 덕분에 연옥은 사람들의 기억 속에 확고부동하게 자리 잡았던 것이다. 무엇보다도 종교적 측면에서 연옥은 신자들의 믿음을 부추기고 강화하기 위한 효과적인 도구가 되었다. 연옥은 단지 지옥과 천국을 연결하는 통로 역할뿐만 아니라, 죽은 자들과 산 자들을 상호 연결시켜주는 기능까지 갖고 있었다. 가톨릭 특유의 대도(代禱)가 그런 역할을 한다.

대도는 산 자들이 연옥의 영혼들을 위해 기도할 경우 속죄의 형벌 기간이 줄어든다는 관념을 토대로 한다. 특히 신심이 깊은 사람이나 성직자들이 대도를 많이 할수록 빨리 죄를 씻고 천국으로 올라갈 수 있다. 르 고프의 표현에 의하면, 연옥이란 죽은 자들이 그곳에서 겪는 시련이 산 자들의 대도에 의해 단축될 수 있는 중간적 저승이다. 누구든지 사랑하는 사람이 죽었을 경우 그 영혼이 빨리 천국에 올라가기를 바라며, 따라서 대도는 자연스럽게 신자들 사이에 널리 확산되었다. 그렇기 때문에 연옥에서 단테와 만나는 대부분의 영혼들은 이승으로 돌아가거든 누구누구에게 자신을 위한 대도를 부탁해달라고 청한다. 연옥의 관념을 통해 "교회는 죽은 자들을 위해 가지고 있는 것으로 간주되었던 권력을 통해 산 자들에 대한 지배력을 강화"할 수 있는 유용한 도구로 기능하게 되었던 것이다.

이런 맥락에서 단테는 「지옥편」에 비해 「연옥편」에서 종교적 성향을 더욱 강하게 부각시키는 듯하다. 실제로 「지옥편」의 여러 곳에 산재해 있는 이교도적 요소(특히 그리스와 로마의 신화적 상징)들이 연옥의 산에서는 현저하게 줄어든다. 반면에 가톨릭의 공식적인 교리와 함께 경건함과 두터운 신앙심이 사방으로 울려 퍼진다. 이러한 성향은 천국에 오르면서 더욱더 강화되고, 최종적으로는 최고의 하늘 엠피레오에 이르러 삼위일체의 신비로 집약되기에 이른다.

지옥과 연옥을 구별 짓는 형벌의 무한성 혹은 유한성으로 인해 영혼들의 태도는 희망과 절망의 양극단으로 나뉜다. 지옥의 희망 없음은 그 무엇보다도 가장 큰 형벌이다. 아무런 육체적 고통도 없는 림보의 영혼들에게도 그런 "희망 없는 열망"(「지옥편」 4곡 42행)은 그 자체로서 견디기 어려운 고통이다. 아무런 희망도 없는 영원한 형벌은 영혼들에게 여러 가지 상이한 태도와 자세들을 유발한다. 가장 두드러진 특징 중의 하나는 지옥의 영혼들이 놀라울 정도로 강렬하게 지상의 삶을 향하고 있다는 것이다. 현세에 대한 강한 욕망을 반영하듯이, 단테와 이야기를 나누는 영혼들은 거의 어김없이 단테에게 지상으로 돌아가거든 자신을 기억해달라고 부탁한다. 산 자들의 세상에서 기억되기를 원하는 그들의 열망은 당연히 지옥에서 당하는 고통을 더욱더 증가시킨다. "비참할 때 행복했던 시절을 회상하는 것보다 더 큰 고통은 없다."(「지옥편」 5곡 21~23행)라는 프란체스카의 말처럼, 외부의 육체적 형벌은 심리적으로 내면화됨으로써 더욱 견딜 수 없는 것이 된다.

그런 상황에서 지옥의 영혼들은 다양한 태도로 자신의 형벌을 감수한다. 「지옥편」에 등장하는 무수한 인물들은 제각기 뒤늦은 후회와 참회, 또는 분노, 또는 체념의 태도로 자신의 고통을 받아들인다. 또 어떤 경우에는 지옥의 영혼답게 이승의 삶에서처럼 여전히 비굴하고 천박한 자세를 유지하기도 한다. 그들은 때로는 그로테스크할 정도로 야비하고 저속한 모습으로 묘사되며, 따라서 불쌍하다거나 측은한 마음이 전혀 들지 않을 정도이다. 그러나 다른 한편으로는 무시무시한 형벌의 고통에도 불구하고 의연하고 당당한 태도 또는 오만스러운 자세를 유지하는 영혼들도 있다. 연옥의 영혼들이 모두 경건하고 열망 어린 자세로 속죄하는 것과는 사뭇 대조적이다. 그런 면에서도 지옥에 떨어진 영혼들의 천태만상은 독자들의 관심을 끌기에 충분하다.

죄의 원인

　인간은 왜 죄를 짓게 되는 것일까? 죄와 벌에 대해 이야기하면서 단테 역시 그런 질문을 제기하고 나름대로 합리적인 설명을 하려고 노력한다.

　죄의 원인에 대한 암시는 『신곡』의 여러 곳에서 찾아볼 수 있다. 「지옥편」 1곡에서 단테는 어두운 숲에서 나와 햇살, 즉 하느님의 은총이 비치는 언덕을 향해 올라가려고 하는데 세 마리 짐승이 길을 막는다. 세 짐승은 표범·사자·암늑대이며, 각각 음란함·오만함·탐욕을 상징하는 것으로 해석된다. 그것은 바로 인간을 죄로 이끄는 세 가지 유혹이다. 여기에 굴복할 때 사람들은 죄에 빠지게 된다. 그리고 죄의 유형을 나누면서 아리스토텔레스의 범주로 인용되는 무절제와 악의, 동물적 심성도 인간의 무의식적 내면에 자리 잡은 죄의 뿌리가 된다.

하지만 가장 커다란 원인은 인간 개개인에게 부여된 자유의지를 잘못 사용하는 데서 찾아야 할 것이다. 자유의지는 분명 인간이 부여받은 커다란 선물이다. 하지만 인간이 스스로 선택하고 결정하는 과정에서 오류가 있을 수 있고, 그로 인한 결과는 엄청나게 달라질 수 있다. 이 자유의지와 관련하여 단테는 흥미롭고도 독특한 주장을 펼친다. 「연옥편」에서 단테는 인간이 죄를 저지르도록 만드는 것은 다름 아닌 사랑이라고 주장한다. 연옥의 셋째 둘레에서 베르길리우스는 단테에게 이렇게 설명한다.

창조주나 피조물이나 사랑이 없었던 적이 없으니,

자연의 사랑이나 영혼의 사랑이 그러하다.

자연의 사랑은 언제나 오류가 없으나,

영혼의 사랑은 그릇된 대상 때문에,

또는 너무 넘치거나 모자라서 잘못될 수 있다.

만약 영혼의 사랑이 첫째 선을 똑바로 지향하고,

둘째 선에서 스스로를 절제한다면,

사악한 쾌락의 원인이 될 수 없을 것이다.

―「연옥편」 17곡 92~99행

자연의 사랑에는 결코 실수나 오류가 없으나, 인간의 사랑은 잘못될 수 있다. 때문에 인간은 죄를 짓게 된다는 것이다. 이러한 견해에 따르면 죄의 궁극적인 원인은 바로 사랑이다. 이 경우 사랑이란 정도가 지나쳐 부정적인 결과를 초래하는 열정으로 보아야 할 것이다. 혹은 불교의 관념에 의하면 집착(klesa)에 따른 고통의 상태일 것이다. 어쨌든 인간의 영혼은 천부적이고 자연스러운 성향인 사랑의 감정으로 인해 죄의 구렁텅이에 빠질 수 있다는 관념은 바로 자유의지에 의한 사랑의 한계를 지적하는 것이다. 결국 인간의 나약한 자유의지는 하느님의 은총이나 자비 없이는 아무것도 할 수 없다는 주장이다.

또한 사랑이 지향하는 궁극적인 목표는 두 가지로 나뉜다. 97행과 98행에서 말하는 첫째 선은 하느님의 은총과 덕성을 가리키며, 둘째 선은 지상 세계의 현세적인 즐거움과 영화를

영국의 시인이자 화가인 윌리엄 블레이크(William Blake)가 그린 지옥 제2원의 사랑의 죄인들.

가리킨다. 이 두 가지 선을 추구하는 열정과 정도는 전적으로 인간의 자유의지에 달려 있다. 첫째 선에 대한 사랑은 많을수록 좋다. 문제는 둘째 선, 즉 덧없는 지상적 가치들에 대한 사랑에서 나온다. 이 사랑을 제대로 절제하지 못하고 지나치거나 잘못된 방향으로 나가면 죄가 된다. 연옥의 대죄들과 관련하여 도식적으로 요약하면, 첫째 남의 불행을 좋아하는 것은 교만·질투·분노의 죄로 이끌고, 둘째 제1의 행복 즉 하느님에 대한 사랑을 추구하되 그 사랑이 너무 모자라는 것은 나태의 죄가 되고, 마지막으로 제2의 행복 그러니까 지상의 쾌락을 지나치게 사랑할 때는 탐욕·탐식·방탕의 죄를 범하게 된다.

그러나 죄에 대한 궁극적인 판단은 인간 지성의 한계를 벗어난다. 누가 지옥에서 영원한 형벌을 받아야 하고, 누가 구원을 받을 것인지의 최종적인 결정은 하느님에 의해 결정된다. 이런 설명은 「천국편」에서 찾아볼 수 있다. 「천국편」에서 단테가 전달하려는 것은 바로 하느님의 최종적인 진리에 대한 신비로운 견해이다. 단테는 인간의 이성으로는 이해할 수 없는 신학적 진리와 함께 「천국편」을 마무리하려고 했다. 그런 진리의 핵심은 거기에 가까이 다가갈수록 보다 완전하게 이해할 수 있지만, 어디까지나 그것은 인간의 한계를 벗어나 있다. 「천국편」 전반에 걸쳐 단테는 인간 이성의 본질적인 불합리성과 부족함을 강조한다.

여섯 번째 하늘인 목성천에서 단테는 로마 제국을 상징하는 독수리 형상으로 모인 탁월한 군주들의 영혼과 이야기를 나눈다. 단테는 전혀 죄를 짓지도 않았고 잘못한 것도 없는데 그리스도를 믿지 않았다는 이유만으로 형벌을 받는 훌륭한 이방인들에 대해 어려운 질문을 한다. 예를 들어 그리스도를 전혀 모르는 인도에서 태어난 어떤 사람이 말과 행동에서 아무런 죄도 짓지 않았다면 어떻게 그를 처벌할 수 있느냐고 질문한다(「천국편」 19곡 70~78행, 이 구절은 바로 불교의 창시자인 석가모니를 염두에 두고 한 말이라는 해석도 있다). 이에 대해 독수리는 오로지 하느님만이 누가 궁극적으로 구원을 받는지 아신다고 대답한다. 하느님의 정의와 관련되는 진리는 인간의 이성적 이해를 완전히 초월하는 것이며, 인간의 지성으로는 설명할 수 없다는 것이다.

그러므로 죄의 원인과 최후의 심판에 대해 인간이 논의하는 것은 부질없는 일이다. 인간 지성은 어떤 사물의 이름을 통해 그것을 잘 알고 있다고 생각하지만 사실은 그 본질을 보지 못한다(「천국편」 20곡 91~93행). 때문에 궁극적이고 신성한 정의는 단지 지상의 정의에 익숙한 인간들에게는 독단적으로 보일 수 있다. 실제로 이런 논의는 매우 복잡하고 현학적으로 보인다. 자유의지나 이성의 문제만 해도 이해하기 어려운데 그것을 초월하는 진리에 대해 이야기한다는 것은 더더욱 힘든 일이다. 그런데도 「천국편」의 주요 테마는 바로 거기에 집중되어 있다. 따라서 「천국편」은 시적으로 완벽하고 조화로운 표현들의 눈부신 아름다움에도 불구하고, 많은 부분에서 마치 철학과 신학의 문제들을 심도 있게 논의하는 논문처럼 보이기도 한다.

6 장 ── 『신곡』의 만화경

Dante Alighieri

단테의 개인적 애중

『신곡』은 다양한 요소들이 전체적으로 조화를 이루는 작품이다. 그렇지만 한편으로는 서로 어울리지 않아 보이는 것들이 융합됨으로써 독특한 효과를 주기도 한다. 때로는 너무 잡다한 것들이 한꺼번에 들어 있는 것처럼 보인다. 『신곡』 읽기의 재미는 바로 거기에서 나온다. 『신곡』에는 인간의 자유 의지와 죄에 대한 신학적 논의도 있지만, 단테의 인간적인 삶과 감정까지도 고스란히 배어 있다. 경우에 따라서 그것은 독자를 놀라게 할 정도로 적나라하게 드러나기도 한다. 또한 단테가 만나는 수많은 등장인물의 개인적 에피소드와 역사적 사건들, 독창적인 상상력이 지어내는 이야기들, 수많은 인용, 생생한 묘사들은 제각기 독립적인 세계를 형성하면서 나름대로 독자의 관심을 끈다. 거기에다 단테의 독설과 비난, 군데군데 엿보이는 그로테스크하고 해학적인 장면들은 또 다른 흥밋거리를 제공한다.

『신곡』은 단테의 고난에 찬 망명 시절에 집필되었다. 혼란한 정치 싸움의 와중에서 부당하게 고향에서 쫓겨났다는 생각은 단테의 뇌리 속에 깊이 뿌리박혀 있었다. 그리고 그것은 『신곡』에 그대로 반영된다.

그래서 어떤 사람은 『신곡』을 가리켜 욕망의 대리 충족을 표현한 작품이라 평하기도 한다. 시의 형식을 빌려 정치적으로 패배한 단테의 내면적 불만과 원한을 토로하고 있다는 것이다. 사실 작품 전반에 걸쳐 단테의 비난과 독설은 집요할 정도로 반복해서 나타난다. 때로는 편견과 중상모략으로 점철되어 있다는 느낌을 주기도 한다. 심지어 죄와 벌을 나누는 것도 단테 개인의 독선적 판단에 의한 것처럼 보이기도 한다. 자신의 적들은 지옥에 집어넣고, 호의를 베푼 사람들은 연옥이나 천국에 배치한다. 또는 똑같이 지옥에 있더라도 어떤 영혼에게는 애정과 연민을 보이고, 다른 영혼에게는 극도의 경멸과 모욕을 가하기도 한다.

단테의 원한을 산 가장 대표적인 인물은 바로 교황 보니파티우스 8세이다. 피렌체에 대한 야욕과 함께 흑당을 지원한 그를 단테는 자신을 쫓아낸 장본인으로 생각했다. 그에 대한 단테의 독설은 『신곡』 전반에 걸쳐 기회 있을 때마다 반복된다. 「지옥편」과 「연옥편」은 말할 것도 없고 「천국편」의 마지막 단계인 30곡에서도 나타난다. 사실 그는 1303년에 사망했으므로 단테의 저승 여행 기간에는 살아 있었다. 그런데도 단테는 지옥의 제8원 셋째 구렁에 그의 자리까지 미리 마련해두고 있다. 그곳은 성직이나 성물(聖物)을 팔아먹은 고성죄(沽聖罪)의 죄인들이 구덩이 속에 거꾸로 처박힌 채 발바닥에 불의 세례를 받는 곳이다. 이미 그곳에서 벌 받고 있던 교황 니콜라우스 3세는 "보니파티우스야? 너는 벌써 거기에 와 있느냐? 예언 기록이 나에게 몇 년을 속였구나." 하고 외친다(「지옥편」 19곡 53~54행). 보니파티우스 8세가 고성죄를 지었다는 증거도 없을뿐더러 가톨릭의 역사에서도 그는 교황권을 확립하기 위해 역동적으로 노력한 긍정적인 인물로 평가된다. 따라서 전적으로 단테의 개인적 원한에 의한 것으로 볼 수 있다. 물론 단테는 그것을 명목적인 이유로 내세우지는 않는다. 단테의 주장에 의하면 이탈리아와 피렌체, 가톨릭교회의 모든 부패와 타락이 보니파티우스 8세의 잘못에서 비롯되었다는 것이다.

또 다른 인물로 필리포 아르젠티가 있다. 단테는 분노의 영혼들이 벌 받고 있는 스틱스의 늪에서 그를 만난다. 그를 알아본 단테는 지옥의 그 어느 영혼보다 더 증오하고 저주한다.

그리고 단테가 바라는 대로 늪 속의 다른 분노한 영혼들이 그에게 달려들어 갈기갈기 찢어버린다. 필리포 아르젠티 역시 단테가 반대했던 피렌체의 보수적 정치가로 알려져 있다. 단테는 그에 대해 유난히 신랄하게 증오를 표현하지만, 텍스트 상에 어떤 뚜렷한 이유도 제시하지 않는다. 이런 식으로 단테와 적대적인 관계에 있던 많은 사람이 지옥에서 벌을 받거나 모욕을 당한다.

이와는 반대로 단테에게 호의를 베푼 사람들은 연옥이나 천국에 배치되거나, 은혜에 대한 감사와 애정이 넘치는 글귀들로 묘사된다. 예를 들어 베로나의 스칼리제리 가문, 루니자나의 말라스피나 가문, 라벤나의 폴렌타 가문의 인물들이 그렇다. 이런 인물들은 설령 지옥에 있다 하더라도 연민과 동정심을 불러일으킨다.

대표적인 예로 프란체스카와 파올로의 사랑 이야기가 있다. 아마 『신곡』 전체에서 가장 많이 인용되는 에피소드 중의 하나일 것이다. 단테는 지옥의 둘째 원에 이르러 애욕의 죄인들 중에서 프란체스카와 파올로의 영혼을 발견한다. 두 사람은 휘몰아치는 폭풍의 형벌 속에서도 마치 "바람결에 가볍게 걸어가듯 함께"(「지옥편」 5곡 74~75행) 가고 있다. 지옥의 무서운 형벌도 그들을 떼어놓지 못하고 있는 것이다. 널리 알려져 있듯이 프란체스카는 망명 중의 단테를 환대했던 라벤나의 귀족 구이도 다 폴렌타의 딸이다. 그녀는 1275년 리미니의 귀족 잔치오토 말라테스타와 정략적인 결혼을 하게 된다. 그러나 잔치오토는 불구의 몸, 그래서 결혼식장에 동생 파올로를 대신 내보낸다. 신부 프란체스카는 나중에야 그 사실을 알게 된다. 하지만 파올로를 사랑하게 되고, 두 사람은 잔치오토에게 발각되어 함께 죽음을 당한다.

분명히 단테는 그들의 비극적인 이야기를 알고 있었다. 또한 두 사람 중에서 최소한 한 명은 직접 만났을 것으로 추정된다. 그래서인지 그들에 대한 단테의 태도는 애정과 연민으로 가득 차 있는 듯하다. 아니, 그 이전에 이미 "사랑 때문에 삶을 버린 영혼들" 중에서 베르길리우스가 가리키는 "옛날의 여인과 기사들의 이름"을 듣고 "측은한 마음에 정신을 잃을 지경"(「지옥편」 5곡 69~72행)이었다고 고백한다. 단테는 그 어느 죄인보다 사랑의 죄인에 대해서는 관대하고 너그러운 태도를 보인다. '사랑의 신봉자' 단테는 분명 사랑의 열정에 의한 죄에 대해서는 비교적 관대하다. 그렇기 때문에 프란체스카와 파올로에 대한 단테의 묘사는 그곳이 지옥이라는 것을 잊을 정도로 부드럽고도 낭만적이다. 프란체스카의 넋두리와 신세타령도 애틋한 감정과 연민을 불러일으킨다. 무엇보다 두 사람의 사랑은 지옥의 형벌로도 끊을 수 없을 정도로 강렬하며 가히 초월적이다. 그것은 자신들을 "하나의 죽음으로 이

끈" 사랑의 놀라운 힘을 토로하는 프란체스카의 말에서도 명료하게 드러난다. 그들에 대한 애정과 연민이 얼마나 강했던지 단테는 결국 "죽은 듯이 정신을 잃었고 시체가 무너지듯이"(141~142행) 쓰러진다. 지옥이나 연옥 어느 곳에서도 단테는 그렇게 연약한 모습을 보이지 않는다. 그 두 애욕의 죄인에 대한 단테의 공감과 연민은 지옥의 어느 영혼에 대해서보다 강렬하고 애틋한 감정으로 묘사되어 있다.

복수와 정의

이러한 단테의 개인적 애증은 당대의 현실에 대한 불만과
도 연결되어 있다. 특히 자신을 쫓아낸 피렌체에 대해 단테는
신랄한 비난을 퍼붓는다. 그리고 그것은 피렌체에만 국한되
지 않는다. 피사, 루카, 피스토이아, 볼로냐, 베네치아 등 다
른 도시들의 정치적 혼란과 도덕적 타락에 대해서도 마찬가
지이다. 말하자면 그의 비판은 이탈리아 전체로 확대된다. 교
황과 황제 사이의 대립과 투쟁이 피렌체의 정치적 혼란으로
이어지고, 그로 인해 자신의 부당한 망명 생활이 시작되었다
고 생각했기 때문이다.

피렌체와 이탈리아의 혼란스러운 현실에 대한 한탄과 비
난은 『신곡』 전체에 스며 있는데, 「연옥편」 6곡에서는 직설

적이고 생경한 어조로 이렇게 말한다.

> 아, 노예 이탈리아여, 고통의 여인숙이여,
>
> 거대한 폭풍우 속에 사공 없는 배여,
>
> 정숙한 여인이 아닌 갈보집이여,
>
> (중략)
>
> 지금 네 안에 사는 자들은 싸움이
>
> 끊이지 않으니, 성벽과 웅덩이에 둘러싸여
>
> 서로가 서로를 물어뜯는구나.
>
> 불쌍하구나, 네 바다 언저리를 보고
>
> 네 품속을 바라보아라, 어느 한구석
>
> 평화를 누리는 곳이 있는지.
>
> —「연옥편」 6곡 76~87행

이어서 아이러니컬한 목소리로 "병든 여인"(「연옥편」 6곡 149행)과 같은 피렌체의 현실을 비판한다. 이런 비난은 『신곡』 전반에 흩어져 있다. 예를 들어 「지옥편」 6곡에서 탐식의 죄인 치아코는 피렌체의 타락한 현실에 대해 한탄하고, 「천국편」 6곡에 등장하는 유스티니아누스 황제의 영혼은 잃어 버린 로마 제국의 권위에 대해 탄식하고, 그로 인한 이탈리아 의 불안한 앞날을 걱정한다. 의도적인 것인지 또는 우연의 일치인지는 모르지만, 신기하게도 이탈리아 현실에 대한 단테의 비판은 모두 이 6곡에 배치되어 있다. 이것 역시 신비의 추종자들에게는 멋진 실마리가 될 수 있다.

하지만 피렌체와 이탈리아에 대한 단테의 감정이 단지 비난과 독설로만 얼룩져 있는 것은 아니다. 사실 피렌체에 대한 단테의 태도는 다분히 이중적이다. 때로는 이율배반처럼 보일 정도로 애착과 애정을 보이기도 한다. 사랑하는 마음과 증오하는 마음이 동시에 중복되어 있는 것이다. 역설적으로 증오는 바로 애정의 또 다른 표현이라고 강조하는 것처럼 보인다. 돌아가지 못하는 고향에 대한 애착이 크고 깊을수록 불만과 비난도 더욱 강하게 나타나는 듯하다.

그런 이유 때문인지 당대의 현실에 대한 단테의 불만은 정의로운 사회에 대한 열망으로 이어진다. 악을 없애고 선을 되살리는 것, 그것은 바로 단테가 자신의 작품에서 추구하는 일관적인 의도였다. 사실 『신곡』 전반에 걸쳐 복수와 정의에 대한 관념이 집요하게 드러난다. 저승 여행이라는 테마 자체가 단테의 그런 내면적인 열망에 부응한다. 그의 저승 순례는 갖가지 악으로 가득한 지옥을 거쳐 연옥의 불길로 정화됨으로써 모든 죄의 흔적마저 사라진 깨끗한 몸과 마음으로 영원한 빛과 진리의 세계인 천국에 도달하는 것이다.

현실에 대한 비판과 함께 『신곡』에서 단테는 완벽한 정의가 구현되는 이상적 세계를 꿈꾸었고, 그것은 잃어버린 신성 로마제국의 권위를 다시 회복해야 한다는 관념으로 이어졌다. 제국의 부활이 이탈리아의 혼란스러운 정치적 상황을 종식 시킬 수 있는 유일한 해결책이라 생각했던 것이다. 그것은 하 인리히 7세에게 기대했던 희망에서도 분명하게 드러난다. 교 황파에 속했던 단테가 황제의 지도적 역량을 강조했다는 점 이 역설처럼 보일 수도 있지만, 그것은 정치적 권력과 종교를 구별해야 한다는 단테의 일관된 신념에서 비롯된 것이다. 황 제의 통치는 세속적 질서를 유지하고, 교황은 보편 교회의 정 신적 지도자로서 인간의 삶을 이끌어야 한다는 관념이다. 이 런 의미에서 단테는 마키아벨리 이전에 이미 제정(祭政) 분리 를 주장한 최초의 정치학자로 간주될 수도 있다.

세상의 악에 대한 정의로운 심판의 염원은 『신곡』의 첫머 리에서부터 나온다. 베르길리우스는 단테의 길을 가로막는 세 마리 짐승으로 지옥 속으로 몰아넣을 사냥개의 도래를 예 언한다. 그 사냥개가 구체적으로 무엇을 상징하고 의미하는 가에 대해서는 많은 논의가 있었다. 그것은 하느님에 의한 최 후의 심판으로 해석되거나, 새로운 메시아의 재림에 대한 예 언으로 해석될 수도 있다. 어쨌든 사냥개는 모든 악의 근원을 "지옥으로 다시 몰아넣을"(「지옥편」 1곡 110행) 것이며, 따라 서 정의로운 복수의 화신이 될 것이다.

그리고 다른 여러 영혼들도 단테의 앞날에 대해 예언하는데 그중에서 상당수는 부패하고 타락한 세상에 대한 심판이 있을 것이라고 말한다. 예를 들어 단테를 맞이하러 지상 천국에 내려온 베아트리체는 오래지 않아 "하느님께서 보낸 오백과 열과 다섯"(「연옥편」 33곡 43행)이 모든 악을 처벌할 것이라고 예언한다. 이 베아트리체의 모호한 예언은 일종의 말장난을 토대로 한다. 515는 로마숫자로 DXV로 표기되는데, 이것은 라틴어 dux에 해당하며 '지도자' 또는 '우두머리'를 의미한다. 이러한 단테의 수수께끼 놀이는 「요한의 묵시록」에서 영향을 받은 듯하다. 「요한의 묵시록」 13장 18절에서는 666이라는 숫자로 표시되는 짐승이 누구를 가리키는지 풀이해보라고 권하는데, 그는 네로 황제를 가리키는 것으로 해석된다.

카발라의 수비학에 의하면 히브리어의 각 알파벳 문자에는 고유의 숫자가 할당되어 있는데, 네로의 이름을 히브리어로 옮겨 적은 다음 각 문자에 할당된 숫자들을 모두 합하면 666이 된다는 것이다. 베아트리체가 DVX로 표현하는 지도자가 구체적으로 누구인지는 분명하지 않다. 학자에 따라 그는 베르길리우스가 말했던 사냥개, 또는 하인리히 7세, 칸그란데 델라 스칼라 등으로 다양하게 해석되지만 모두 추측에 불과하다. 어쨌든 그가 머지않아 부패하고 타락한 세상

을 바로잡을 어떤 강력한 인물의 출현을 가리키는 것만은
확실하다.

희극성과 예술성

이처럼 『신곡』에서 단테는 올바른 세상을 염원하고, 그것이 결국은 인간의 지성을 초월하는 하느님의 절대 진리에 의해 구현될 것으로 기대한다. 그렇지만 개인적인 차원의 원한이나 가치 판단을 완전히 넘어서지는 못한다. 그것은 지옥의 죄인들에 대한 묘사에서 분명하게 드러나는데, 경우에 따라서는 의아한 생각이 들 정도로 특정한 죄에 대해 가혹하고 냉정한 태도를 보이기도 한다.

예를 들어 입구 지옥에 있는 태만한 영혼들에 대한 묘사가 그렇다. 그들은 엄격하게 말해 죄를 짓지 않았지만 그렇다고 선을 행하지도 않은 영혼들이다. 선도 아니고 악도 아닌 삶, 바꾸어 말하면 극도로 이기적인 삶을 살았던 자들이다. 그들에 대한 단테의 태도는 지옥의 어느 영혼들에 대해서보다 멸시로 가득 차 있다. 그렇게 "치욕도 없고 명예도 없이 살아온 사람들의 사악한 영혼들"(「지옥편」 3곡 34~35행)은 심지어 깊은 지옥에서도 받아들이려 하지 않는다는 것이다. 베르길리우스도 단테에게 "저들에 대해 생각하지 말고 그냥 보고 지나가자."(51행)고 말한다. 여기서 단테는 그들의 이기적인 삶을 정치적 입장과 관련하여 평가하는 것이 아닌가 하는 의혹이 들기도 한다. 그러니까 정치적으로 혼란한 상황에서 어느 편에도 가담하지 않은 자들에 대한 불만이나 서운함을 그런 식으로 표현했을 수도 있다.

죄와 벌에 대한 단테의 자의적인 평가는 다른 곳에서 색다른 방식으로 드러난다. 지옥 제8원의 다섯째 구렁, 즉 탐관오리들이 벌 받는 곳에 이르러 단테의 묘사는 새로운 방향으로 전개된다. 이곳에 대한 단테의 이야기는 지옥의 다른 곳에 비해 완전히 다른 분위기를 띤다. 여기서는 마치 지옥의 처절하고 비참한 상황이 잠시나마 휴식을 취하는 듯하다. 아마 『신곡』 전체를 통틀어서 가장 희극적이고 유머러스한 장면일 것이다.

널리 알려져 있듯이 단테는 공금 횡령과 부정부패 혐의로 고향에서 쫓겨났다. 피렌체 법정의 판결이 옳다면 단테 자신은 바로 이곳에서 벌을 받아야 한다. 자신도 그 점을 의식한 듯 이곳에 대한 묘사는 역설과 아이러니로 넘친다. 탐관오리들은 시커멓게 끓어오르는 역청 속에 잠겨 있어야 하고, 양쪽둑에서는 박쥐 날개가 달린 악마들이 삼지창을 들고 감시하다가 수면 위로 떠오르는 자들을 찌른다. 그런데 그 무서운상황에다 단테는 익살과 해학을 집어넣고 있다. 우선 악마들의 이름을 다분히 익살스럽고 장난기 어린 필치로 지어내고있다. 예를 들어 우두머리 말라코다는 '사악한 꼬리'라는 뜻이며, 스카르밀리오네는 '산발한 머리', 바르바리치아는 '곱슬 수염', 그라피아카네는 '할퀴는 개', 카냐초는 '크고 사나운 개'를 의미하는데, 그런 식으로 12명의 악마 모두에게 이름을 부여한다.

또한 악마답게 저속한 그들의 대화와 몸짓까지 그로테스크하고 희극적으로 자세히 묘사한다. 예를 들어 악마들은 두목에게 이빨 사이로 혓바닥을 내밀어 보이면서 무엇인가 신호를 보내고, 이에 대해 두목은 방귀를 뀌며 화답한다. 단테는 그 방귀 뀌는 모습을 "엉덩이로 나팔을 불었다."(「지옥편」21곡 139행)고 표현한다. 뒤이어 단테 자신이 직접 참가한 전투 상황을 실감나게 묘사하면서 거기서도 "그렇게 야릇한 피리 소리"로 신호하는 것은 본 적이 없다고 이야기한다(22곡 10행). 악마들은 단테와 베르길리우스에게 길을 안내해주겠다고 약속하지만, 그것은 결국 속임수로 드러난다. 또한 악마들이 사소한 이유로 자기들끼리 다투고 싸우다가 끓어오르는 역청 속에 빠지는 장면에서는 그야말로 한 편의 코미디를 보는 듯하다. 부패의 실상에 대해서도 단테는 다분히 역설적으로 표현한다. 예를 들어 악마 하나가 루카에서는 본투로 다티 외에 모두가 탐관오리라고 말하는데, 사실 본투로는 그 당시 막강한 권력과 함께 부패를 일삼던 대표적인 인물이었다.

이런 희극적인 묘사를 통해 단테는 자신에게 가해진 형벌과 그 형벌을 집행하는 자들을 비웃고 조롱하는 것 같다. 어떤 면에서는 피렌체 당국이 자신에게 내린 처벌이 터무니없고 부당하다는 사실을 희화하고 비웃는 것처럼 보인다. 우스꽝스러운 현실을 도리어 우스꽝스러운 희극으로 표현하는 것이다.

약간의 장난기도 서려 있는 이 장면은 지옥의 음울한 분위기와 어울리지 않아 보인다. 물론 『신곡』에서 해학성은 그리 많은 편은 아니지만 몇 군데에서 눈에 띠는 것은 사실이다. 이를테면 젊은 시절 단테의 스승이었던 브루네토 라티니와의 만남에서도 찾아볼 수 있다. 라티니는 남색의 죄 때문에 불비가 내리는 뜨거운 모래밭에서 달려가야 하는 형벌을 받고 있는데, 만약 걸음을 멈추면 100년 동안 뜨거운 모래 바닥에 누워 온몸으로 불비를 맞는 가중처벌을 받아야 한다. 그런 그가 단테와 이야기를 나누느라고 잠시 걸음을 늦추었다가 다시 달려가는 장면을 묘사하면서, 단테는 베로나에서 매년 개최되는 달리기 시합을 인용한다. 라티니는 그 시합의 선수들처럼, 그것도 진 사람이 아니라 우승한 선수처럼 재빨리 뛰어갔다는 것이다(「지옥편」 15곡 121~124행).

또한 이런 회화적 묘사와 함께 일부 저속한 표현이 지적되기도 한다. 위에 인용된 악마들의 말이나 몸짓 외에도 적나라하고 속된 용어들이 그대로 사용되기도 한다. 예를 들어 「지옥편」 25곡 서두에서 성물(聖物) 도둑 반니 푸치는 저속한 손짓으로 하느님을 모독하는 장면을 묘사하면서, 단테는 여성의 성기를 비속하게 가리키는 용어를 아무런 여과 없이 그대로 사용한다. 주먹을 쥐고 집게손가락과 가운뎃손가락 사이로 엄지손가락을 내밀어 성교를 암시하는 손짓이다. 물론 그런 저속한 표현은 너무나도 천박한 지옥의 실상을 보여주기 위한 것으로 볼 수도 있지만, 『신곡』이라는 엄숙하고 장엄한 서사시에는 어울리지 않는 흠이라는 사람도 있다.

어쨌거나 그런 비속한 표현이나 희극적이고 그로테스크한 장면은 지옥에만 나온다. 연옥이나 천국의 노래에서는 나타나지 않는다. 당연히 그런 것들은 죄를 씻어내고 하느님의 최고 진리에 가까이 다가가는 곳에서는 어울리지 않는다. 대신 거기에는 경건함과 엄숙함, 지고의 선과 아름다움이 있다. 특히 「연옥편」은 고도로 승화된 시와 예술의 노래로 평가된다.

등장하는 인물들 중에도 유난히 고귀한 시인, 음악가, 화가들이 많다. 또한 단테의 꿈이나 신비로운 비전을 통해 속죄의 본보기가 되는 이야기들이 많이 인용되는데, 그런 장면들의 묘사는 가히 예술적이다. 예화들이 제시되는 방식도 다양하다. 절벽이나 바닥에 부조로 새겨진 그림들을 통해 이야기하거나, 귓전에 스쳐 지나가는 목소리가 이야기하거나, 속죄하는 영혼들의 노래와 합창으로 이야기된다. 또 때로는 단테의 꿈이나 환상을 통해 제시되기도 한다. 시각과 청각, 마음속의 상상력을 한꺼번에 활용하려는 것처럼 보인다. 그렇기 때문에 마치 생생한 그림, 아니 멀티미디어로 재현되는 활동사진을 보는 듯한 느낌을 준다.

그런 독창적인 표현력은 「천국편」에 이르러 절정에 이른다. 인간의 언어로는 표현할 수 없는 지고의 선과 진리가 갖가지 색깔들과 함께 어우러지는 '빛의 형이상학'으로 승화한다. 「천국편」은 바로 빛의 노래이다. 낮고 어두운 지옥의 음울함에서 빠져나와 연옥의 고통스러운 정화의 불길을 벗어난 영혼은 마침내 영원한 은총 속에서 빛으로 날아오르는 것이다.

독창성 또는 일탈

그렇지만 『신곡』은 무엇보다도 인간 단테의 개인적 이야기이다. 『신곡』은 분명히 현실에서 소외된 한 인간이 자신의 좌절된 욕망을 분출하고, 일종의 대리 만족을 얻는 장소처럼 보이기도 한다. 현실 속에서 이룰 수 없는 이상과 꿈을 문학적으로 형상화하고 있다는 것이다. 때로는 그런 욕망의 표현이 지나쳐 보이는 것도 사실이다. 혹시 단테가 약간의 과대망상증에 걸린 것이 아닐까 하는 의문도 든다. 저승 여행이라는 주제의 설정부터 그렇다. 여행을 떠나기 전에 단테 스스로 의문을 품었듯이(「지옥편」 2곡) 살아 있는 몸으로 저승을 다녀온 사람은 사도 바울로와 아이네이아스 외에는 없었다. 그런데도 자신이 하늘의 뜻에 의해 그렇게 선택되었다는 상황 설정은 스스로를 그 두 인물과 동일한 반열에 올려놓는 것을 의미한다. 그리고 최고의 하늘에서 하느님을 알현하고 삼위일체의 신비를 직접 체험했다는 것은 아무리 허구의 이야기이지만 지나친 자화자찬으로 보일 수도 있다. 또한 지옥의 림보에서 고대 성현들을 만나는데, 호메로스를 비롯한 위대한 시인들 사이에 슬며시 자신을 끼워 넣기도 한다.

물론 그 모든 것은 헤아릴 수 없는 하느님의 뜻에 의한 것으로 볼 수 있다. 말하자면 단테의 이야기는 궁극적 진리의 오묘한 뜻을 전달하기 위한 효과적인 도구로 간주될 수도 있다. 여하간 『신곡』에서 단테가 차지하는 독특한 지위는 작품의 전반적인 구성이나 전개 방식에서 결정적인 요소로 작용한다. 등장인물들에 대한 자의적인 평가도 같은 맥락에서 보아야 할 것이다. 사실 『신곡』의 일부 일화들은 독자들을 의아하게

들라크루아(Delacroix)의 그림. 단테의 작은 배.

만들기도 한다. 일부는 단테의 개인적 애증 관계에서 비롯된 것이지만, 어떤 것은 뚜렷한 이유 없이 일반적인 평가나 판단과는 전혀 다른 이야기로 전환되기도 한다. 경우에 따라서는 독자의 예상을 완전히 뒤집기도 한다. 그런 곳에서 단테의 상상력은 그야말로 자유분방하게 날아오르는 듯하다.

가장 대표적인 이야기는 오디세우스(라틴어 이름으로는 울릭세스)에 관한 것이다. 단테는 오디세우스를 지옥에 집어넣고 있는데, 그곳은 사기와 기만을 교사한 죄인들이 타오르는 불꽃 속에 휩싸여 벌 받고 있는 곳이다. 베르길리우스의 권유로 오디세우스는 자신의 파란만장한 모험의 최후에 대해 이야기한다. 그런데 그것은 전통적인 고전 신화에서 이야기하는 것과는 전혀 다르다. 오디세우스는 수많은 모험 끝에 지중해의 끝자락인 지브롤터 해협에 이른다. 그곳은 "인간이 더 이상 넘어가지 못하도록 헤라클레스가 경계선의 표시를 세워둔"(「지옥편」 26곡 108~109행) 곳이다. 그러나 오디세우스는 "태양을 따라, 사람 없는 세상을 경험하고 싶은 욕망"(116~117행)에 이끌려 결국 부하 선원들을 선동하여 세상의 끝 지브롤터 해협을 넘어서게 된다. 그리하여 남반구의 끝없는 바다를 항해하다가 마침내 연옥의 산이 있는 곳 근처에서 거대한 파도에 휩쓸려 최후를 맞이한다.

단테는 무엇 때문에 오디세우스의 최후에 대하여 그렇게

이야기하는지 그 이유를 분명하게 밝히지 않는다. 그것이 중세에 떠돌던 이야기를 인용하는 것인지, 아니면 단테의 창작인지 알 수 없다. 오디세우스가 지옥에 떨어진 명목상의 이유는 트로이 전쟁에서 목마를 이용하여 기만적인 술책을 부렸고, 또 부하들을 기만하고 선동했기 때문이라고 밝히고 있지만 여전히 석연치 않은 것은 사실이다. 혹시 그것은 인간에게 금지된 곳을 무모하게 탐험하려는 욕망에 대한 처벌일 수도 있다. 하지만 굳이 오디세우스의 이야기까지 마음대로 바꾸며 그렇게 할 필요가 있었을까 하는 의문도 든다. 물론 『신곡』에서 단테는 고전 신화의 인물이나 괴물들을 자의적으로 변형시켜 배치하고 있지만, 오디세우스의 경우는 분명히 논란의 대상이 될 수 있다. 호메로스 이후 일반적으로 널리 알려진 이야기와 너무나도 다르기 때문이다.

이런 자의적 변형은 단지 신화적 인물에만 국한되지 않는다. 당시의 실존 인물들에 대해서도 단테는 의외의 결론을 도출한다. 대표적인 인물로 구이도 다 몬테펠트로와 쿠니차가 있다. 구이도는 토스카나와 로마냐 지방에서 기벨리니 당파의 우두머리로서 교황 보니파티우스 8세와 사이가 좋지 않았으나 나중에 화해했고, 말년에는 프란체스코회 수도사가 되었던 인물이다. 객관적으로 알려진 바에 의하면, 그는 뚜렷한 죄를 짓지도 않았으며 더구나 말년에는 수도사가 되어 참회의 삶을 살았다. 그런데도 단테는 그가 교황에게 간교한 술책을 교사했다는 죄명으로 지옥에 배치하고 있다(「지옥편」 27곡). 그리고 쿠니차는 결혼한 몸으로 다른 사람과 사랑의 열정에 빠졌던 전력이 있는 여자로 널리 알려져 있는데도 단테는 그녀를 천국에 올려놓고 있다(「천국편」 9곡). 이 두 인물에 대한 단테의 평가는 독자를 의아하게 만든다. 어떤 뚜렷한 개인적 애증 관계가 밝혀지지도 않았다. 따라서 단순한 오류로 볼 수도 있지만, 어쨌든 단테의 자의적인 평가에 의한 것이라는 의혹은 남는다.

이렇게 객관적으로 알려진 사실과 상반되는 이야기들은 독자의 예상을 뒤엎으면서 관심을 끌 수밖에 없다. 단테가 의도적으로 그런 효과를 노렸는지 알 수는 없다. 만약 의도적인 전략의 결과라면 그 효과는 성공적이다. 최소한 독자의 호기심을 자극하면서 읽기의 재미를 덧붙여주기 때문이다.

이미지들의 무대

　『신곡』을 읽다보면 생생한 이미지들이 머릿속에 또렷하게 각인되는 것을 느낄 수 있다. 어떤 것들은 너무나도 강렬하여 뇌리 속을 떠나지 않거나 때로는 꿈에 나타날 정도로 생생하다. 특히 지옥의 참상들에 대한 일부 묘사는 소름을 돋게 한다. 앞에서 산발적으로 인용한 장면들 외에도 머릿속에 선명한 흔적을 남기는 묘사들은 많다. 예를 들어 이슬람교의 창시자 무함마드는 불화의 씨앗을 뿌린 죄로 "턱에서 방귀 뀌는 곳까지 찢어진"(「지옥편」 28곡 24행) 형상으로 벌 받고 있는데, 그 모습이 너무나도 징그럽게 묘사되어 있다. 그의 "다리 사이로는 창자가 늘어져 있었으며 오장(五臟)이 드러나 보였고, 집어삼킨 것을 똥으로 만드는 처량한 주머니도 보였다."

(25~27행)고 되어 있다.

또는 도둑들의 영혼이 벌 받고 있는 곳에서 사람과 뱀이 한데 뒤엉켜 사람이 뱀으로 변하고 뱀이 사람으로 변하는 모습을 묘사하기도 하고, 화폐를 위조한 자들이 역겹고 악취 나는 질병에 시달리는 장면을 사실적으로 보여주기도 한다. 소위 '육화(肉化)된 악마'의 이미지도 마찬가지이다. 일부 사악한 영혼은 지옥으로 떨어진 뒤에도 그의 육체 속에 악마가 들어가서 지상에서 남은 생애 동안 살아간다는 것이다(「지옥편」 33곡 129~135행). 죽은 사람의 육신을 빌려 악마가 지상에서 살아간다는 것은 정말로 끔찍하고 무서운 이미지가 아닐 수 없다.

그런 강렬한 이미지들은 '역겨움'의 시학이라는 비판을 받기도 한다. 하지만 그것은 지옥에만 국한된다. 연옥이나 천국에서 단테의 독창적 필치는 말로 표현할 수 없는 지고의 아름다움을 재현한다. 특히 「천국편」에서 완성되는 '빛'의 시학은 지옥의 끔찍하고 역겨운 이미지들을 충분히 보상하고도 남는다. 그것은 인간의 감각과 상상력이 접근할 수 없는 곳 너머까지 비춰준다.

아름다움의 승화는 「연옥편」의 서두에서 이미 예고된다. 지옥의 어두운 계곡에서 벗어난 두 시인을 "동방 사파이어의 감미로운 빛깔"(「연옥편」 1곡 13행)이 맞이하여 빛의 세계로 안내하는 것이다. 바로 여기서부터 부활의 노래, 시와 예술의 노래가 시작된다. 그리고 정화의 불꽃을 거쳐 더욱 섬세해진 단테의 노래는 지상 천국에 이르러 보다 눈부시고 화려한 무대를 펼친다. 지상 천국에서 벌어지는 장엄한 행렬과 일종의 성극(聖劇)이 바로 그것이다. 먼저 엄숙하고 눈부신 행렬이 시인들을 맞이한다. 일곱 개의 거대한 촛대를 선두로 스물네 명의 장로, 네 마리 환상적인 짐승의 호위를 받으면서, 그리스도를 상징하는 그리프스(그리스 신화의 이름으로는 그리페스이다. 사자의 몸체에다 독수리 머리와 힘센 날개가 달린 상상의 동물로 묘사된다)가 끄는 수레, 춤추는 여인들, 백발의 노인들이 펼치는 신비롭고도 놀라운 행렬이다. 「에제키엘」과 「요한의 묵시록」을 비롯하여 『성서』의 다양한 이미지들이 함께 어우러진 이 행렬은 갖가지 상징과 암시들로 넘친다. 그런 행렬에 뒤이어 천사들이 꽃을 뿌리는 가운데 베아트리체가 하늘에서 내려온다.

단테와 베아트리체의 만남은 신비로운 꿈 또는 환상 속에서 전개되는 상징적인 사건들의 공연에서 절정을 이룬다. 그리프스가 끄는 수레는 독수리와 여우의 공격을 받고, 독수리의 깃털이 수북이 쌓인 수레는 또다시 용의 공격을 받아 한쪽 끝이 떨어져 나간다. 그리고 사방에 뿔이 돋은 수레 위에는 뻔뻔스런 창녀가 앉아서 곁에 있는 거인과 키스를 하고, 그

거인은 창녀와 함께 괴물로 변해버린 수레를 끌고 숲 속으로 들어간다. 신비로운 성극 같은 이 장면은 교회의 역사를 총체적으로 상징한다. 이를테면 로마 제국의 초기 그리스도교 박해와 이단들, 말썽 많은 콘스탄티누스 황제의 기증서, 이슬람교의 분파, 프랑스 왕의 횡포와 교황권의 실추 등을 암시한다. 말하자면 묵시록의 이미지들을 통해 교회의 역사와 현실을 보여주는 것이다.

그리고 이 모든 이미지들은 천국에서 빛으로 승화된다. 「천국편」은 살아 움직이는 빛들의 무대이다. 천국에서 "모든 것을 움직이시는 그분의 영광은 온 우주에 침투하는"(「천국편」 1곡 1~2행) 빛으로 나타나기 때문이다. 동시에 그것은 지복자들이 "마치 벌떼가 꽃으로 날아가듯이"(31곡 7행) 주위에 맴돌고 있는 새하얀 장미이다. 특히 최고 하늘에서 단테가 "본 것은 언어를 초월하였으니, 그 광경에는 언어도 굴복하고, 그 엄청남에는 기억도 굴복해야 마땅한"(33곡 55~57행) 것이다. 그리고 그것은 인간의 눈으로는 볼 수 없는 빛이다. 만약 그 빛을 직접 보았다가는 눈이 멀어버릴 것이다. 그것은 특별한 능력을 부여받은 일부 선택된 자들만 볼 수 있다. 단테 역시 천국의 하늘들을 거쳐 올라가면서 조금씩 그런 능력을 부여받는다.

일곱째 하늘인 토성천에서 단테는 베아트리체의 얼굴을

바라보지만 그녀는 미소를 짓지 않는다. 그리고 그 이유를 설명한다. 하늘에서 하늘로 올라갈수록 그녀의 아름다움은 더욱더 눈부시게 불타올라, 만약 미소를 지으면 그 찬란함에 단테의 몸은 재가 되어버릴 것이기 때문이다(「천국편」 21곡 5~11행). 토성천을 지난 후에야 단테는 그 찬란한 빛을 바라볼 수 있게 된다. 여러 하늘들을 거쳐 오르는 동안 여러 가지를 보고 관조하는 과정에서 점차 시력이 단련되어 그런 초월적 능력을 부여받게 되는 것이다. 그리하여 최고의 하늘에 오른 단테는 한층 강렬해지는 빛, 최고 진리의 빛을 직접 마주볼 수 있게 되지만, 그 모습을 온전히 전달하기에는 인간의 언어가 너무나도 초라하다. 단테가 「천국편」에서 묘사하려는 이미지는 바로 인간의 언어가 표현할 수 없는 것을 재현하려고 한다. 그리고 빛과 이미지들의 찬란한 묘사를 통해 부분적으로나마 그것을 실현하고 있다.

『신곡』의 영향

　　『신곡』이 펼치는 이러한 이미지들의 화려한 유희는 모두 단테의 뛰어난 묘사력에서 비롯된다. 그 생생하고 또렷한 이미지들은 독자의 상상력을 사로잡는다. 그리고 그것은 바로 『신곡』의 생명력이 된다. 누군가 말했듯이 단테와 『신곡』에 관한 책들은 그가 만들어낸 거대한 지옥을 가득 채울 정도로 많다. 물론 그것은 과장된 표현이지만 어느 정도 공감할 수 있는 사실이다. 수많은 인쇄물의 홍수에 휩싸여 크게 부각되지는 않지만 단테와 『신곡』에 대해 언급하는 글들은 지금도 끊이질 않는다.

　　글로 된 텍스트뿐만 아니라 『신곡』에서 생명력을 얻어 탄생하는 예술 작품도 헤아릴 수 없이 많다. 생생하고 선명한 이미지 묘사에서 알 수 있듯이 단테는 미술에도 상당히 조예가 깊었다. 특히 르네상스 예술의 선구자로 꼽히는 조토(Giotto di Bondone)와는 가까운 친구 사이였다. 따라서 당시 조형예술의 뛰어난 성과들을 자신의 작품과 효과적으로 접목시킨 것은 당연한 귀결인지도 모른다. 조토는 그의 스승으로 알려진 치마부에(Cimabue)와 함께 『신곡』에 직접 인용되기도 한다. 「연옥편」에서 단테는 "치마부에가 그림 분야를 장악하고 있다고 믿었는데 지금은 조토가 명성을 떨치니 이제 그의 명성은 어두워졌다."(11곡 94~96행)고 노래한다. 영원한 진리에 비춰볼 때 예술로 상징되는 지상의 가치나 영광은 한순간에 스쳐 지나가는 덧없는 바람에 지나지 않는다는 것이다.

이탈리아 르네상스 연구의 최고 대가로 꼽히는 야콥 부르크하르트의 지적대로, 단테의 위대함은 바로 개성의 완성을 통해 이후의 수많은 예술가에게 영감의 원천이 된 데서 찾아볼 수 있다. 『신곡』의 영향은 르네상스의 조형예술에서 곧바로 드러났다. 조토를 비롯하여 보티첼리, 미켈란젤로 등 여러 대가들이 『신곡』을 소재로 불후의 작품들을 창작했다. 특히 미켈란젤로의 최대 걸작으로 꼽히는 시스티나 예배당의 프레스코 벽화 「최후의 심판」에 묘사된 일부 장면은 『신곡』에서 영감을 받은 것으로 평가된다. 근대에 들어와서도 들라크루아, 로댕, 귀스타브 도레, 시인이자 화가였던 윌리엄 블레

미켈란젤로가 시스티나 예배당 벽면에 그린 「최후의 심판」 세부.

이크 등이 단테와 『신곡』을 주제로 한 그림과 조각 작품들을 남겼다. 『신곡』만큼 유럽의 예술에 다양한 소재와 모티브를 제공한 고전 작품은 찾아보기 어려울 것이다. 물론 유럽의 전체 예술사에 가장 많은 영향을 준 두 개의 텍스트는 분명 『성서』와 그리스·로마 신화이다. 하지만 한 개인의 작품으로 『신곡』만큼 예술가들에게 다양한 영감을 불어넣고 또 널리 인용되는 작품은 없을 것이다.

문학 분야에서의 영향은 말할 것도 없다. 일찍이 밀턴이 『신곡』을 모방한 『실락원』을 남긴 것을 비롯하여, 유럽의 수많은 시인은 『신곡』에서 적지 않은 영향을 받았다. 특히 19세기 영미 문학계에서 가장 인기 있는 시인은 단연 단테였다. 에머슨, 로제티, 롱펠로우는 직접 『신곡』을 번역하기도 했고, 예이츠와 엘리엇에 이르러 『신곡』은 그야말로 시적 영감의 원천이 되었다.

현대에 들어와서도 그런 영향력은 줄어들지 않는다. 『신곡』의 생명력은 문학이나 전통적인 조형예술 작품들을 통해서만 되살아나는 것이 아니다. 연극, 영화, 발레 같은 공연 예술 분야들도 『신곡』에서 많은 영감을 얻고 있다. 베르길리우스가 단테에게 마르지 않는 영원한 샘물이 되었듯이, 이제는 그가 후대의 예술가들에게 그런 역할을 하고 있는 것이다. 그렇게 『신곡』은 지금도 바로 우리 곁에 살아 있다.

2 리라이팅

La Divina 신곡
Commedia

유럽의 전체 예술사에 가장 많은 영향을 준

두 개의 텍스트는 분명 『성서』와 그리스·로마 신화이다.

하지만 한 개인의 작품으로 『신곡』만큼 예술가들에게

다양한 영감을 불어넣고 또 널리 인용되는 작품은 없다.

『신곡』의 각 '노래'들은 서로 독립적이면서도

긴밀하게 상호 연결되어 있다.

따라서 도식적으로 요약하다보면

사건들의 단순한 나열처럼 보일 수도 있다.

여기서는 각 노래의 구분과는 상관없이

이야기의 전개를 이해하는 데 필요한 줄거리를 중심으로

핵심적인 뼈대를 간추려보고자 한다.

지옥편

여행의 출발(1~2곡)

1300년 단테는 인생의 중반에 해당하는 35세가 되었다. 그런데 알 수는 없지만 그는 어두운 숲 속에서 길을 잃고 헤매고 있었다. 그러다가 때마침 떠오르는 아침 햇살이 비치는 언덕을 발견하고 그곳을 향해 올라가려고 한다. 때는 바야흐로 춘분 무렵 부활절 직전의 성 금요일 아침이다. 그런데 표범과 사자, 암늑대가 나타나 단테의 길을 가로막고 위협한다. 특히 암늑대는 단테를 오히려 뒤로 물러나게 만든다. 어쩔 수 없이 어두운 숲 쪽으로 뒷걸음치는 단테 앞에 희미하게 보이는 사람의 모습이 하나 나타난다. 다급한 나머지 단테는 "그대 귀신이든 진짜 사람이든 여하간 나를 좀 도와주시오!" 하고 소리친다. 그러자 그는 "전에는 사람이었으나 지금은 아니다."라고 대답하면서 자신이 베르길리우스의 영혼이라고 소개한다. 평소 베르길리우스를 정신적 스승으로 섬기고 있던 단테는 세 마리 짐승 때문에 어두운 숲 쪽으로 곤두박질치고 있는 자신의 처지를 호소한다.

단테의 하소연을 듣고 베르길리우스는 "이 어두운 곳에서 살아남고 싶으면, 너는 다른 길로 가야 한다."고 대답한다. 사악한 암늑대의 탐욕스러운 욕심은 끝이 없어 거기서 살아남은 자는 아무도 없기 때문이라는 것이다. 그리고 나중에 사냥개가 와서 그 암늑대를 지옥으로 몰아넣을 것이라고 예언한다. 그렇지만 지금은 다른 방법이 없으니 하느님의 은총으로 빛나는 언덕으로 올라가기 위해서는 다른 길, 즉 저승 세계를 거쳐 가야 한다고 이야기한다. 그리하여 단테는 베르길리우스의 안내를 받아 저승 여행길을 떠난다. 출발 시간은 성금요일 저녁 6시 무렵이었다.

단테는 먼저 문학과 음악의 여신인 뮤즈(그리스어로는 무사)들에게 자신의 노래를 돌보아달라고 호소한다. 고전 시인들은 자신의 작업에 앞서 시의 여신들에게 도움을 청하는 것이 관례적인 전통이기 때문이다. 그런데 단테는 자신이 살아 있는 몸으로 저승을 여행할 만한 자격이 있는지 의혹에 빠져 망설인다. 지금까지 저승을 다녀온 사람은 사도 바울로와 아이네이아스 둘뿐이었다. 사도 바울로는 "구원의 길을 열어주는 믿음에 위안을 가져오기 위해" 살아 있는 몸으로 저승을 다녀온 바 있다(「고린토 인들에게 보낸 둘째 편지」 12장 2절 참조). 그리고 아이네이아스는 베르길리우스가 『아이네이스』에서 노래했던 로마 건국의 시조로서, 저승 여행을 통해 "자신의 승리와 교황의 법의에 대한 의미를 깨달았다."고 한다. 그러니까 두 사람 모두 하느님의 높으신 뜻에 따라 저승 여행을 했던 것이다. 그런데 단테 자신도 그럴 만한 자격이 있는지 의문이 든다.

그러자 베르길리우스는 자신이 단테를 도와주기 위해 지옥의 림보에서 오게 된 이유를 자세히 설명한다. 자신은 천국에 있는 베아트리체의 부탁을 받고 왔다는 것이다. 베아트리체는 어두운 숲 속에서 길을 잃고 헤매는 단테를 불쌍하게 생각하여, 직접 림보에 내려와 베르길리우스에게 도와주라고 부탁한 것이다. 천국에서 베아트리체와 함께 성모 마리아와 성녀 루치아가 자신을 보살피고 있다는 것을 깨달은 단테는 다시 용기를 얻고 스승을 따라 저승 여행을 시작한다.

지옥의 입구와 림보(3~4곡)

지옥의 문 앞에 이르자 무시무시한 글귀가 단테를 맞이한다.

나를 거쳐 고통의 도시로 들어가고,

나를 거쳐 영원한 고통 속으로 들어가고,

나를 거쳐 길 잃은 사람들 사이로 들어가노라.

정의가 지존하신 나의 창조주를 움직였으니,

성스러운 힘, 최고의 지혜,

최초의 사랑이 나를 만드셨노라.

내 앞에 창조된 것은 영원한 것들뿐이니,

나 역시 영원히 지속되노라.

여기 들어오는 너희들은 모든 희망을 버릴지어다.

—「지옥편」 3곡 1~9행

　지옥의 문을 지나 단테와 베르길리우스는 입구 지옥으로
들어간다. 입구 지옥은 본격적인 지옥이 아니다. 하지만 거기
에는 선이나 악에도 무관심한 오로지 자기 자신만을 위해 살
았던 이기적이고 나태한 자들이 커다란 왕벌과 파리, 벌레들
에게 물어뜯기면서 심한 고통을 당하고 있다. 그들 중에는
"비열함 때문에 크게 거부했던 그 사람"의 영혼도 있다. 그가
구체적으로 누구인지 알 수 없지만 1294년에 교황 코엘레스
티누스 5세로 선출되었으나 스스로 물러났던 피에르 다 마로
네, 또는 예수를 용서하지도 못하고 처벌하지도 못했던 본시
오 빌라도, 또는 죽 한 그릇에 쌍둥이 동생 야곱에게 장자 상

속권을 포기한 에사오(「창세기」 25장 29~34절 참조)를 지칭하는 것으로 해석되기도 한다. 베르길리우스는 그들은 처다볼 가치도 없다면서 앞으로 나아간다.

두 시인은 아케론 강가에 이른다. 뱃사공 카론이 죄지은 영혼들을 지옥으로 실어 나르는 곳이다. 그곳에는 "죽음이 그토록 많이 쓰러뜨렸는지 믿을 수 없을 정도로" 수많은 영혼이 모여 있다. 카론은 머뭇거리는 영혼들을 노로 사정없이 후려치면서 배에 태운다. 그는 단테가 살아 있는 것을 발견하고는 다른 곳으로 가라고 소리친다. 하지만 베르길리우스가 단테의 저승 여행은 하늘에서 원하는 바라고 설명하자 카론은 잠잠해진다. 그런데 무서운 지진과 함께 땅이 뒤흔들리고 한바탕 바람이 불면서 불그스레한 번개가 친다. 겁에 질린 단테는 정신을 잃는다.

정신을 차리고 보니 단테는 어떻게 아케론 강을 건넜는지 알 수 없지만 어느새 지옥의 제1원에 와 있다. 이곳의 영혼들은 지상에서 전혀 죄를 짓지 않았고 오히려 높은 덕성이 있었지만 그리스도를 몰랐던 사람들, 또는 이 세상에 태어나서 미처 세례를 받지 못하고 죽은 어린아이들의 순진한 영혼들이다. 그들은 육체적 형벌을 받지는 않으나 하늘나라에 갈 수 없다는 사실 때문에 괴로워한다.

단테는 베르길리우스에게 혹시 이곳 영혼들 중에서 구원

을 받아 천국으로 올라간 영혼이 있는지 묻는다. 베르길리우스는 자신이 림보에 떨어진 지 얼마 되지 않았을 때, "승리의 화관을 두른 어느 권능하신 분"이 내려와 인류 최초의 아버지 아담과 노아, 모세, 아브라함, 다윗 등의 영혼을 림보에서 이끌어내 축복해주셨다고 대답한다. 말하자면 예수 그리스도가 돌아가신 직후 지옥에 내려와 림보에 있던 그들을 구원하여 천국으로 올려 보냈다는 것이다.

림보에서 단테는 그리스도를 몰랐던 옛날의 위대한 영혼들을 본다. 그들 중에는 소크라테스와 플라톤을 비롯한 그리스의 철학자들, 아이네이아스와 카이사르를 비롯한 로마 시대의 위대한 인물들이 들어 있다. 또한 탁월한 아랍인 군주와 학자들도 그곳에 있다. 단테는 영광스럽게도 호메로스를 비롯한 뛰어난 고전 시인들과 어깨를 나란히 하고 걸어가면서 이야기를 나눈다.

사랑의 죄인과 재물의 죄인들(5~7곡)

제2원으로 내려간 단테는 지옥의 재판관 미노스를 본다. 죄를 지은 영혼은 미노스에게 자신의 모든 죄를 고백한다. 그러면 미노스는 지옥의 어디에 적합한지 판단하여 그 지옥 원의 숫자만큼 제 꼬리로 영혼을 감아 아래로 내동댕이친다. 그리하여 아홉 개의 원 중 하나에 떨어진 영혼은 자신의 죄에

도레(Gustave Dore)의
판화. 지옥의 심판관 미
노스.

합당한 형벌을 받게 된다. 제2원에서는 음란함과 애욕의 죄
인들이 벌 받고 있는 곳으로, 그들은 칠흑의 어둠 속에서 무
섭게 휘몰아치는 바람에 휩쓸려 다니는 벌을 받는다. 그들 중
프란체스카와 파올로의 영혼이 단테에게 자신들의 슬픈 사
랑에 대해 이야기한다. 그들의 가슴 아픈 이야기에 단테는 또
다시 정신을 잃는다.

　정신을 차린 단테는 제3원에 이르러 있다. 거기에는 머리가
셋인 지옥의 개 케르베로스가 세 개의 목구멍으로 귀청이 찢
어질 정도로 큰 소리로 울부짖으면서 영혼들을 할퀴고 물어
뜯고 있다. 바로 탐식의 죄를 지은 영혼들이 벌 받는 곳이다.
단테는 피렌체 출신의 영혼 치아코와 이야기를 나누는데, 그
는 "이미 자루가 넘칠 만큼 질투로 가득 찬 도시" 피렌체의
미래에 대해 예언한다. 보니파티우스 8세의 비호를 받은 궬

피 흑당이 정권을 잡을 것이라는 예언이다. 사실 그로 인해 단테는 고향에서 쫓겨날 운명이었다. 치아코의 곁을 떠난 단테와 베르길리우스는 최후의 심판 뒤에 저주받은 영혼들이 어떠한 상태에 처할 것인지에 대해 이야기한다. 베르길리우스는 최후의 심판 뒤에는 지옥의 영혼들이 더욱 고통스러운 형벌을 받을 것이라고 설명한다.

넷째 원에서 단테는 재물의 악마 플루토를 본다. 여기에서는 재물의 죄인들, 즉 낭비 또는 인색함의 죄인들이 벌을 받는다. 그들은 서로 무리를 지어 가슴으로 무거운 짐을 굴리며 맴돌다가 함께 맞부딪치면 서로가 서로를 모욕하는 말을 외친다. 인색한 자들은 낭비한 자들에게 "왜 낭비해?" 하고 외치고, 낭비한 자들은 인색한 자들에게 "왜 갖고 있어?" 하고 외치는 것이다. 그런 다음 몸을 돌려 뒤돌아가다가 다시 맞은 편 반원에서 부딪치면 또다시 서로를 모욕한다. 그들 중에는 교황이나 추기경 같은 성직자들도 있다. 베르길리우스는 이 세상의 재물을 다스리는 행운의 여신에 대해 설명한다. 행운의 여신 포르투나가 지상의 재화들을 이리저리 옮김으로써 한 개인이나 가문 또는 민족이 번창하거나 쇠퇴한다. 그런데 그녀가 옮기는 방식은 인간의 이성이나 지혜로는 이해할 수 없도록 "풀섶 사이에 뱀처럼 숨겨진 그녀의 판단에 따른다."는 것이다.

스틱스 늪과 분노의 죄인들(8~9곡)

두 시인은 제5원으로 가는데, 그곳은 스틱스 늪으로 분노와 원한에 사로잡혔던 죄인들이 더러운 흙탕물 속에 잠긴 채 벌을 받고 있다. 단테와 베르길리우스는 스틱스 늪을 건너기 위해 플레기아스의 배에 올라탄다. 플레기아스는 태양의 신 아폴론이 자신의 딸을 유혹하자 분노하여 아폴론에게 바쳐진 델피 신전을 불태웠던 인물로서 분노의 화신을 상징한다.

늪을 건너던 중 단테는 거만하고 포악했던 필리포 아르젠티의 영혼을 발견하고 그에게 저주를 퍼붓는다. 그러자 아르젠티는 단테가 탄 배를 붙잡아 뒤엎으려고 한다. 그것을 눈치챈 베르길리우스는 아르젠티를 뱃전에서 밀쳐낸다. 단테는 아르젠티가 늪 속에 곤두박질하는 모습을 보고 싶다고 말한다. 그러자 잠시 후 늪 속에 있던 다른 분노의 영혼들이 일제히 아르젠티에게 달려들어 갈기갈기 찢고, 분노에 사로잡힌 아르젠티는 스스로를 이빨로 물어뜯는다.

스틱스 늪은 하부 지옥, 즉 '디스의 도시'를 둘러싸고 있다. 디스 파테르는 '부(富)의 아버지'로서 로마 신화에서 지하 세계를 관장하는 신이며 그리스 신화의 하데스 또는 플루톤에 해당하는데, 여기서는 지옥의 마왕 루키페르와 그가 거주하는 하부 지옥을 가리킨다. 그곳은 중세의 요새처럼 견고한 성벽으로 둘러싸여 있다. 그리고 무서운 악마들이 지키고 있는

데, 그들은 두 시인이 안으로 들어가는 것을 허용하지 않는다. 베르길리우스가 설득해도 소용이 없다. 성문을 굳게 잠그고 있는 디스 성벽의 탑 위로 불화와 분노의 화신인 푸리아(그리스 신화에서는 에리니스) 세 명이 나타난다. 그녀들은 메두사를 부르면서 단테를 돌로 만들어버리라고 호소한다. 악마들이 끝까지 성문을 열지 않자, 결국 하늘에서 사자(使者)가 내려온다. 사자는 무섭게 휘몰아치는 폭풍과 함께 마른 발바닥으로 스틱스 늪 위를 걸어서 건너온다. 그리고 굳게 닫힌 성문을 회초리 하나로 간단하게 연다. 마침내 단테와 베르길리우스는 성 안으로 들어간다.

이단자들과 죄의 분류(10~11곡)

성 안으로 들어간 단테는 제6원에서 이교도와 이단자들이 시뻘겋게 타오르는 관 속에서 고통당하는 광경을 본다. 그곳에는 주로 영혼의 불멸을 부정했던 에피쿠로스와 그의 추종자들이 벌을 받고 있다. 그들 중에서 단테는 파리나타와 카발칸테의 영혼을 만난다. 파리나타는 기벨리니 계열 가문의 대표자로서 1248년 궬피 당을 몰아내는 데 핵심적 역할을 했다. 하지만 피렌체의 앞날을 생각하여 정치적 보복을 반대했던 유일한 인물이다. 그런 이유 때문인지 단테는 정치적 입장이 다른데도 그에게 우호적인 태도를 보인다. 의연한 모습의 파리나타는 단테에게 피렌체의 정치 싸움에 대해 이야기하고, 단테의 앞날에 대해서도 예언한다. 즉, 앞으로 50개월이 지나기 전에 단테는 고향에서 쫓겨나 돌아갈 수 없을 것이라고 한다. 그리고 카발칸테는 단테의 친구이자 시인이었던 자기 아들 구이도가 죽었는지 살았는지 궁금해한다. 단테가 대답을 못하고 머뭇거리자 그는 아들이 죽은 줄 알고 절망하여 뒤로 털썩 쓰러진다.

제6원을 지나 앞으로 나아가자 하부 지옥의 골짜기들에서 심한 악취가 풍겨온다. 역겨운 냄새에 익숙해지기 위해 걸음을 늦추면서 베르길리우스는 단테에게 지옥의 구조와 그곳에서 벌 받고 있는 죄인들의 분류에 대해 설명한다. 인간의 모든 죄는 욕망에 대한 무절제와 폭력, 기만에 의해 발생한다고 설명한다. 특히 지옥에서는 기만의 죄가 무절제나 폭력의 죄보다 더 밑에서 더 심한 형벌을 받는데, 무엇 때문에 그런지 이유를 설명해준다. 기만은 자연이 제공하는 "사랑의 매듭까지 죽이기" 때문에 폭력보다 더 나쁘다는 것이다.

폭력의 죄인과 자살자들(12~13곡)

마침내 제7원의 첫째 둘레에 도착한 단테는 미노타우로스를 본다. 사람의 몸체에다 황소 머리를 가진 미노타우로스가 미친 듯이 날뛰고 있는데, 제7원에서 벌 받고 있는 무분별한 폭력을 상징한다. 첫째 둘레에서는 타인에게 폭력을 행사하여 죽이거나 상처를 입힌 죄인들이 펄펄 끓어오르는 피의 강 플레게톤의 뜨거운 강물 속에서 삶기게 되는 형벌을 받는다. 이곳의 죄인들은 자신이 행사한 폭력의 무게에 따라 약간씩 다른 강도의 형벌을 받는다. 예를 들어 수많은 사람들을 해친 폭군들은 눈썹까지 잠겨 있어야 하고, 다른 영혼들은 그보다 얕은 곳에 있다. 가장 약한 폭력의 죄인은 발목까지만 뜨거운 핏물 속에 잠겨 있다. 그리고 강가에는 켄타우로스들, 즉 상체는 인간의 모습이지만 하체는 말[馬]인 괴물들이 활로 무장한 채 죄인들을 감시하고 있다. 고통에 못 이겨 각자에게 허용된 것 이상으로 몸을 강물 밖으로 내미는 영혼이 있으면 가차 없이 활을 쏘는 것이다. 켄타우로스들 중 하나인 네소스가 두 시인을 강물이 얕은 곳으로 안내한다.

도레의 판화. 자살자들의 숲.

그리하여 단테와 베르길리우스는 플레게톤 강을 건너 제7원의 둘째 둘레에 이른다. 그곳은 자신의 육체와 재산에 폭력을 가한 자들이 벌 받는 곳이다. 특히 자살한 영혼이 이곳에 떨어지면, 마치 한 알의 씨앗처럼 싹이 돋아나서 흉측하고 비틀린 형상의 나무가 되어 자라나게 된다. 그런데 여자의 얼굴에다 새의 몸체와 날개, 날카로운 발톱을 가진 괴물 새 하르피이들이 새로 돋아나는 잎과 가지들을 쉴 새 없이 뜯어먹으며 고통을 준다. 자살자는 자기 몸에 폭력을 가하여 고통을 주었기 때문에 이제는 자기 몸이 뜯어지고 먹히는 고통을 영원히 겪어야 한다. 황량한 벌판 위에 자살자의 영혼들이 자라난 기괴한 나무들의 숲, 그리고 하르피이들의 소름끼치는 울음소리는 정말로 음산한 분위기를 연출한다. 이곳에서 단테는 프리드리히 2세 황제의 신하였던 피에르 델라 비냐의 영혼과 이야기를 나눈다. 피에르는 황제의 궁정에서 벌어지는 질투와 모함에 의해 자신이 무고하게 희생되었고, 그로 인해 결국 자살했다고 한탄한다. 그들이 이야기하는 동안 재산을 함부로 다룬 죄인들이 시커먼 암캐들에게 쫓기다가 온몸이 갈기갈기 찢기는 고통을 당한다.

신성 모독자들과 저승의 강들 (14곡)

음울한 자살자들의 숲을 떠난 단테는 제7원의 셋째 둘레로 간다. 그곳에는 신성(神性)과 자연의 법칙에 대해 폭력을 행사한 죄인들이 벌을 받고 있다. 그곳은 모래밭으로 되어 있는데, 끊임없이 불비가 쏟아져 내리고 있어서 모래밭이 뜨겁게 달구어져 있다. 벌거벗은 죄인들은 자신의 죄질에 따라 각기 다른 자세로 벌을 받는다. 가장 큰 벌을 받는 자는 큰 대자로 누워 온몸으로 불비를 맞고 뜨거운 모래밭에 등이 타는 형벌을 받는다. 어떤 영혼들은 웅크리고 앉아 있고, 또 어떤 영혼들은 서성거리고 있거나 무리를 지어 뛰어다닌다. 그들 중에서 단테는 모래밭에 길게 누워 있는 카파네우스를 본다. 그는 제우스의 뜻에 거슬러 테바이 원정에 참가했던 일곱 장군들 중의 하나로, 여전히 오만하게 제우스를 모독하는 말을 내뱉는다.

두 시인은 불타는 모래밭 가장자리를 따라 흐르는 핏빛 개울의 낮은 둑을 걸어간다. 베르길리우스는 단테에게 저승 세계에 있는 여러 강과 늪, 호수들이 어떻게 생기게 되었는지 설명해준다. 크레타 섬에 있는 이다 산에 거대한 노인의 동상이 있는데, 머리는 금으로 되어 있고, 가슴과 두 팔은 은, 허리는 놋쇠, 허벅지와 다리는 쇠, 한쪽 발은 쇠, 다른 한쪽 발은 흙으로 되어 있다고 한다. 그 노인은 바로 인류의 점진적인 타락, 즉 처음에는 순수하고 찬란했지만 원죄로 인해 서서히 몰락의 길을 걷는 인류의 역사를 상징한다. 순금으로 된

머리만 제외하고 온통 부서진 틈 사이로 눈물방울들이 흘러 내리는데, 바로 그 눈물들이 바위를 뚫고 땅속으로 들어가 아케론 강과 스틱스 늪, 플레게톤 강을 이루고, 더 밑으로 내려가 얼어붙은 호수 코키토스가 된다는 것이다. 그리고 연옥의 산 꼭대기 지상 천국에는 레테와 에우노에 강이 두 개 있다고 설명한다.

남색의 죄인과 고리대금업자들 (15~17곡)

여전히 제7원의 셋째 둘레에 있는 단테는 다른 죄인들을 본다. 자연의 법칙이나 순리를 따르지 않았던 영혼들이다. 자연은 바로 신성과 동일시되기 때문이다. 그러한 죄인들 중에 남색(男色)을 좋아했던 자들이 불비를 맞으며 뜨거운 모래밭 위를 달려가고 있다. 그들 가운데 단테는 스승 브루네토 라티니를 만난다.

라티니는 단테에게 고향 피렌체의 타락한 풍습을 멀리하라고 충고한다. 그리고 피렌체와 단테의 미래에 대한 예언을 들려주고, 자신과 함께 벌 받고 있는 영혼들이 누구인지 가르쳐준다. 마지막으로 자신은 백과사전적 저서인 『보물』 속에 언제나 살아 있으니 필요하다면 그 책을 참고하라고 권한 다음 쏜살같이 달려간다.

제7원 셋째 둘레의 가장자리에 도착한 단테는 피렌체 태생의 세 영혼을 만난다. 남색을 좋아했던 그들은 단테에게 자신들을 소개하고 피렌체의 타락상에 대해 이야기한다.

마침내 두 시인은 제7원의 끝에 도착한다. 그런데 가파른 절벽 아래로 물 떨어지는 소리만 들릴 뿐 아무것도 보이지 않는다. 베르길리우스는 단테의 허리에 감겨 있던 밧줄을 낭떠러지 아래로 던진다. 마치 그것이 신호인 것처럼 잠시 후 절벽 아래서 무시무시한 괴물 게리온이 떠오른다. 게리온은 그리스 신화에 나오는 괴물로서 제8원에서 벌 받고 있는 기만을 상징한다. 단테의 묘사에 의하면, 사람의 얼굴에다 사자의 다리, 박쥐의 날개, 전갈의 꼬리, 그리고 나머지 부분은 뱀으로 되어 있는 무서운 모습을 하고 있다. 온몸에는 현란한 색깔과 무늬로 된 "매듭과 작은 동그라미들"이 그려져 있는데, 그것은 사람의 눈을 홀리게 만드는 기만을 형상화한 것이다.

단테는 제8원으로 내려가기 전에 제7원의 셋째 둘레에서 벌 받고 있는 다른 죄인들을 만난다. 자연의 순리를 거슬러 부당하게 이득을 취했던 고리대금업자들이다. 그 영혼들은 뜨겁게 불타는 모래밭 위에서 각 가문의 문장(紋章)이 그려진 주머니를 목에 걸고 앉아 있으면서 불비와 뜨거운 수증기를 피하려고 두 팔을 휘두르고 있다. 그들은 대부분 당시 이탈리아의 유명한 가문 출신이다.

뚜쟁이·아첨꾼·성직을 팔아먹은 자들(18~19곡)

단테와 베르길리우스는 게리온의 등에 올라타고 깎아지른 절벽 아래의 제8원으로 내려간다. 제8원은 10개의 악의 구렁, 즉 말레볼제로 구분되어 있다. 각각의 구렁은 양쪽에 둑처럼 솟아 있는 바위 언덕 사이에 있고, 바위 언덕들은 아치 모양의 돌다리로 서로 연결되어 있다. 따라서 원형으로 된 10개의 구렁은 10개의 동심원이 겹쳐진 형상으로 되어 있다. 또한 구렁들을 둘러싼 바위 언덕들은 중심을 향해 점차 낮아진다. 각각의 구렁에는 여러 가지 기만의 죄를 지었던 영혼들이 서로 다른 형태의 벌을 받고 있다.

첫째 구렁에는 순진한 여자들을 유혹했던 자들과 뚜쟁이들이 벌거벗은 채 두 무리로 나뉘어 서로 반대 방향으로 걸어가면서 양쪽 둑에 있는 악마들에게 채찍으로 맞고 있다. 그들 중에서 단테는 볼로냐 출신의 베네디코 카차네미코를 만나는데, 그는 돈을 받고 자기 누이를 팔아넘겼던 자이다. 그는 그곳에 자기 외에도 많은 볼로냐 사람들이 벌 받고 있다고 이야기한다. 또한 그곳에는 황금 양털을 빼앗기 위해 아르고 원정대를 이끌었던 이아손도 들어 있다.

둘째 구렁에는 아첨꾼들이 더럽고 악취 나는 똥물 속에 잠겨 있다. 단테는 그곳에서 루카 출신의 한 인물을 알아보고, 베르길리우스는 테렌티우스의 희극 『환관(宦官)』에 나오는 창녀 타이데에 대해 이야기한다.

셋째 구렁에서 단테는 성직이나 성물을 팔아먹은 죄인들을 본다. 그들은 구렁의 바위 바닥에 뚫린 구멍 속에 거꾸로 처박혀 있는데, 발바닥에 불이 붙어 타오르는 형벌을 받고 있다. 여기서 단테는 교황 니콜라우스 3세에게 말을 하는데, 거꾸로 처박혀 있어서 단테를 보지 못한 그는 단테가 보니파티우스 8세인 줄 알고 소리친다. 자신은 보니파티우스 8세가 오면(그는 1303년에 사망한다) 그에게 자기 자리를 넘겨주고 더 아래 지옥으로 떨어질 것이며, 보니파티우스 8세 역시 다음에 올 클레멘스 5세(1314년 사망)에게 그 자리를 넘겨줄 것이라고 이야기한다. 니콜라우스 3세는 교회의 앞날에 대해서도 예언한다.

단테는 엄숙하고 신랄한 어조로 교황과 성직자들의 부패와 타락에 대해 한탄한다. 모든 타락의 뿌리는 그리스도교를 공인했던 로마의 황제 콘스탄티누스에 의해 시작되었다는 것이다. 단테의 비난은 소위 「콘스탄티누스의 기증서」를 토대로 한다. 이 문서는 아마 8세기 무렵에 위조된 것으로 추정되는데 단테 시대에는 사실로 인정되고 있었다. 그것은 15세기에 들어와서야 로렌조 발라에 의해 위조되었음이 밝혀진다. 기증서에 의하면 콘스탄티누스 황제는 당시의 교황 실베스테르 1세가 자신의 나병을 낫게 해준 데 대한 감사의 표시

로 그리스도교로 개종했고, 또한 교황청에 여러 가지 특전을
제공하여 로마를 포함하여 제국의 서쪽 지방들에 대한 실질
적 지배권을 주었다는 것이다. 단테가 보기에 그것은 청렴해
야 할 교회의 부정한 거래로서 "수많은 악의 어머니"가 된 불
행한 사건이었다.

점쟁이와 탐관오리들 (20~22곡)

단테와 베르길리우스는 제8원의 넷째 구렁으로 간다. 그
곳에는 점쟁이와 예언자들이 벌 받고 있는데, 그들은 앞을 보
지 못하도록 머리가 등 뒤쪽으로 돌아가 있다. 앞을 내다보려
했던 죄로 이제는 뒤를 바라보며 걸어가야 하는 것이다. 베르
길리우스는 그들 중 몇 사람에 대해 이야기해주는데 대부분
고전 신화의 예언자와 점쟁이들이다. 그중에는 테바이의 여
자 예언자 '만토'도 있다. 베르길리우스는 자신의 고향 만토
바의 이름이 바로 그녀의 이름에서 유래했다는 이야기를 들
려준다. 만토는 그리스를 떠나 여기저기 떠돌다가 마지막에
이탈리아 북부의 늪지대에 정착하여 그곳에서 죽었는데, 나
중에 그 위에 세워진 도시가 만토바라는 것이다.

저승 여행을 시작한 지 거의 12시간이 지난 토요일 새벽
6시경 단테와 베르길리우스는 제8원의 다섯째 구렁에 도착한
다. 그곳에서 단테는 자신의 직위를 이용하여 사리사욕을 채

웠던 탐관오리들을 본다. 그들은 펄펄 끓어오르는 시커먼 역청 속에 잠겨 있으면서 무시무시한 악마들의 감시를 받는다. 박쥐 같은 날개가 달린 악마들의 이름은 '말레브랑케'이다. 그들은 탐관오리의 영혼을 어깨에 둘러메고 와서 역청 속에 내동댕이친다. 그러고는 모두들 뾰족한 작살을 들고 혹시 역청 위로 고개를 내미는 영혼이 보이면 사정없이 찌른다. 그러니까 "마치 요리사들이 하인들을 시켜 고기가 떠오르지 않도록 삼지창으로 가마솥 한가운데에 잠기도록 하는 것"과 같다. 베르길리우스는 그 악마들에게 여섯째 구렁으로 넘어갈 수 있는 길이 있는가 물어본다. 악마들은 더 이상 앞으로 나아갈 수 없다고 대답한다. 정확히 1266년 전, 그러니까 예수가 십자가에 못 박혀 돌아가신 직후 림보의 덕성 있는 영혼들을 천국으로 데려가기 위하여 지옥에 내려왔을 때 지진으로 다리가 무너졌기 때문이라는 것이다. 하지만 악마들은 건너갈 수 있는 길을 가르쳐주겠다고 제안한다. 그리하여 단테와 베르길리우스는 자기네들끼리 무언가 신호를 주고받는 한 무리의 악마와 함께 바위 둔덕을 따라 여섯째 구렁으로 향한다.

두 시인은 열 명의 악마와 함께 가면서 뜨거운 역청 속에 잠겨 있는 탐관오리들을 본다. 그중에 한 영혼이 역청 위로 고개를 내밀었다가 악마들에게 붙잡혀 밖으로 끌려나온다. 그는 나바라 왕국 출신의 '참폴로'인데 구체적으로 누구인지 알려져 있지 않다. 그는 단테에게 피사와 사르데냐 섬 출신의 탐관오리들이 자신과 함께 있다고 말한다. 그리고 악마들이 허락한다면 그들 중에서 몇몇 영혼을 불러오겠다고 제안한다. 악마들은 그 말을 믿지 않으면서도 그에게 누가 빠른지 내기를 하자고 한다. 하지만 참폴로는 재빨리 역청 속으로 숨어버리고, 두 악마는 서로를 탓하다가 급기야 허공에서 자기들끼리 맞붙어 싸우더니 결국 뜨거운 역청 속에 빠진다. 그런 혼란한 틈을 이용하여 단테와 베르길리우스는 바위 기슭을 타고 아래로 내려간다.

위선자와 도둑들 (23~25곡)

화가 난 악마들이 뒤쫓지만 두 시인은 무사히 여섯째 구렁으로 간다. 그곳에는 위선자들이 벌 받고 있다. 그들은 겉은 눈부신 황금빛으로 화려하지만 안은 온통 납으로 된 엄청나게 무거운 옷을 입고 걸어 다녀야 한다. 단테는 볼로냐 출신의 두 수도사와 이야기를 나누는데, 수도자의 신분에 걸맞지 않게 향락적인 생활에 빠졌던 영혼들이다. 그중 한 영혼은 두 팔을 벌린 채 십자 모양으로 땅바닥에 누워 있는데, 두 손과 발에 못이 박혀 있다. 그는 유대인들의 사제 '가야파'로, 유대 민족을 대신하여 예수가 혼자 죽음을 당해야 한다고 주장했던 사람이다(「요한」 11장 49절 이하 참조). 예수 그리스도를 십자가에 못 박히게 한 장본인이 이제는 지옥에서 땅 바닥에 못 박혀 있는 것이다. 그리고 무거운 납 옷을 입은 영혼들이 그의 몸을 밟고 지나감으로써 엄청난 고통을 당한다. 가야파의 장인을 비롯하여 다른 유대인들도 똑같은 형벌을 받고 있다.

단테와 베르길리우스는 험난한 바위길을 따라 일곱째 구 렁 위에 도착한다. 험한 길을 가느라고 단테가 힘들어하자 베 르길리우스는 단테의 나태함을 꾸짖으며 용기를 북돋운다. 편안함과 아늑함 속에서는 삶을 낭비할 뿐 결코 명성을 얻을 수 없다는 것이다. 제8원의 일곱째 구렁에는 도둑들의 영혼 이 들어 있다. 그들은 엄청나게 숫자도 많고 종류도 다양한 뱀과 독사에게 무서운 고통을 당한다. 뱀들은 죄인들을 휘감 고는 몸속으로 뚫고 들어가 다른 쪽으로 머리를 내밀기도 한다. 그중에 한 마리가 어느 영혼의 목 부분을 꿰뚫자, 그 영혼은 순식간에 불이 붙어 완전히 타버리고 한 줌의 재가 되어 부서 진다. 그런데 그 재가 다시 모이더니 눈 깜박할 사이에 원래 의 모습으로 되살아난다. 마치 불사조가 다시 되살아나는 것 과 같은 모습이다. 그 영혼에게 단테가 말을 걸자 그는 자신 이 피스토이아의 성물(聖物) 도둑 반니 푸치라고 소개한다. 그는 자신에 대해 이야기하면서 피스토이아와 피렌체의 어 두운 미래에 대해 예언한다. 그러고는 단테가 괴로워하도록 일부러 그런 예언을 했다고 말한다.

반니 푸치는 성교를 암시하는 저속한 손짓과 함께 하느님을 향해 모독의 말을 외친다. 그러자 수많은 뱀들이 한꺼번에 그에게 달려든다. 켄타우로스들 중의 하나인 카쿠스는 무수한 뱀과 불을 뿜는 용을 등에 싣고 와서 푸치에게 무서운 형벌을 가한다. 그런 다음 단테는 정말로 소름 끼치는 광경을 목도한다. 피렌체 출신의 도둑 세 명이 가까이 다가왔는데, 발이 여섯 개인 뱀 한 마리가 그들 중 한 사람에게 달려든다. 완전히 하나의 몸이 되어버린 뱀과 사람의 사지가 서서히 변하더니, 사람은 뱀으로 변하고 뱀은 사람으로 변한다. 또 다른 뱀 한 마리가 다른 영혼의 배꼽을 꿰뚫자 그 뱀과 사람도 똑같이 변신한다. 끔찍한 광경을 본 단테는 냉소적인 어조로 고향 피렌체의 타락에 대해 이렇게 한탄한다.

기뻐하라 피렌체여, 너는 그토록 위대하여
땅과 바다에 날개를 퍼덕이고도 모자라
지옥에까지 너의 이름을 떨치고 있으니!

기만을 교사한 자들 (26~27곡)

시인들은 이제 여덟째 구렁에 도착하는데, 그곳에는 사기와 기만을 교사한 죄인들이 타오르는 불꽃 속에 휩싸여 벌 받고 있다. 그중의 한 불꽃 속에는 트로이 전쟁의 영웅인 오디세우스와 디오메데스의 두 영혼이 함께 들어 있다. 그들은 목마를 이용한 기만적인 술책 때문에 함께 벌을 받고 있는 것이다. 베르길리우스는 오디세우스의 영혼에게 어떻게 최후를 맞이했는지 이야기해달라고 정중하게 부탁한다. 그러자 오디세우스는 고전 신화의 이야기와는 달리 인간에게 금지된 미지의 바다까지 무모하게 항해하다가 난파당하여 죽었다고 이야기한다.

뒤이어 다른 불꽃 하나가 말을 꺼내는데, 그는 기벨리니 계열의 정치가이자 군인이었다가 나중에 프란체스코회 수도사가 되었던 구이도 다 몬테펠트로의 영혼이다. 그는 단테에게 자기 고향 로마냐 지방의 현재 상황이 어떤지 묻는다. 단테는 그곳의 거의 모든 도시들이 여전히 정쟁과 타락, 폭정에 시달리고 있다고 이야기하면서 그가 누구인지 물어본다. 구이도는 자신이 지옥에 끌려오게 된 내력을 이야기한다. 그는 여우와 같은 온갖 기만과 술책을 교묘하게 쓸 줄 알았다고 한다. 그래서 교황 보니파티우스 8세와 손을 잡고, 그에게 적대적인 가문을 굴복시킬 수 있는 간교한 속임수 술책을 충고해주었고, 그로 인해 말년에 수도사가 되었음에도 불구하고 결국 지옥으로 끌려오게 되었다는 것이다.

불화의 죄인과 위조범들(28~30곡)

아홉째 구렁에 도착한 단테는 종교나 정치에 불화의 씨앗을 뿌린 자들의 영혼을 본다. 그들은 신체의 여러 곳이 쪼개지고 갈라지는 형벌을 받고 있다. 양쪽의 둔덕에 있는 악마들이 칼로 그렇게 난도질하는데, 영혼들이 구렁을 한 바퀴 완전히 도는 동안 상처는 다시 아물고, 그러면 악마들이 또다시 상처를 쪼개는 것이다. 단테는 이슬람교의 창시자 무함마드의 영혼이 처참한 형상으로 찢겨 있는 모습을 본다. 그의 뒤에는 무함마드의 사촌이며, 동시에 그의 딸과 결혼하여 사위가 되었고, 나중에 4대 칼리프가 되었던 알리가 두개골이 깨진 채 뒤따르고 있다. 또 다른 영혼 메디치나의 피에르가 단테에게 다른 여러 영혼들을 소개한다. 그리고 보른의 베르트랑은 완전히 잘려나간 자신의 머리를 마치 등불처럼 높이 쳐들고 있는 소름끼치는 모습으로 단테에게 자신의 죄에 대해 이야기한다.

도레의 판화. 불화의 죄인들 중 보른의 베르트랑.

단테와 베르길리우

스는 제8원의 아홉째 구렁을 떠나 마지막 열 번째 구렁에 이른다. 그곳에는 온갖 수단으로 금속이나 화폐, 문서 등을 위조하고, 자신을 위장하여 다른 사람들을 속인 사기꾼들이 벌받고 있다. 그들은 갖가지 역겹고 악취 나는 질병에 시달리는 벌을 받고 있다. 그들 중 두 영혼이 온몸을 쥐어뜯으면서 손톱으로 커다란 딱지들을 떼어내고 있는데, 그들은 연금술로 사람들을 속이고 현혹했던 죄인들이다.

그들과 함께 단테가 이야기를 나누는 동안 다른 미쳐버린 두 영혼이 나타나더니 그들 중 하나에게 달려들어 참혹하게 물어뜯고는 질질 끌고 가버렸다. 미친 영혼들은 다른 사람으로 변장하여 남을 속였던 죄인들이다. 단테는 또 다른 영혼들을 보는데, 화폐를 위조했던 아다모는 하반신이 잘려나간 채악성 종양으로 고통을 받고 있다. 목마름을 호소하며 단테와 이야기를 나누던 아다모는 곁에 있던 그리스인 시논과 시비가 붙는다. 시논은 트로이 전쟁 때 자신이 트로이 편인 척 속여 사람들이 목마를 끌고 성안으로 들어가도록 만들었던 인물이다. 두 사람은 온갖 저속한 욕지거리를 퍼부으면서 서로치고받고 싸운다. 한참 동안 넋을 잃고 싸움 구경을 하던 단테는 베르길리우스의 꾸중을 듣는다. 다른 사람들이 말다툼하고 싸우는 것을 듣고 구경하려는 것은 천박한 욕망이라는 것이다.

제8원을 떠나 앞으로 나아가자 커다란 뿔나팔 소리가 들려오고 멀리서 우뚝 솟은 높다란 탑 같은 것들이 보인다. 그곳이 어딘가 하고 질문하는 단테에게 베르길리우스는 그것들은 탑이 아니라 엄청나게 큰 거인들이라고 알려준다. 제우스에게 대항해 싸웠던 거인들인데, 상반신은 밖으로 나와 있지만 하반신은 얼어붙은 코키토스 호수에 잠겨 있었다. 그들 사이에서 「창세기」 10장 8~10절에 나오는 함족의 우두머리 니므롯은 무슨 뜻인지 알 수 없는 소리를 내뱉는다. 교부 신학의 전통에 의하면 그는 바벨탑의 건축 책임자였다. 그렇기 때문에 바벨탑의 붕괴와 함께 인간의 언어들이 혼란해진 이후 그에게는 어떤 언어도 통하지 않게 되었다는 것이다. 베르길리우스는 거인들 중에서 비교적 너그러운 안타이오스에게 부드러운 말로 부탁한다. 그러자 안타이오스는 두 시인을 들어 지옥의 가장 밑바닥 호수 위에 내려놓는다.

은혜를 배신한 죄인들(31~33곡)

단테와 베르길리우스는 마침내 지옥의 마지막 원에 들어선다. 그곳은 코키토스 호수인데, 지옥의 마왕 루키페르의 거대한 여섯 날개가 퍼덕이면서 내는 바람에 의해 완전히 얼어붙어 있다. 그 두꺼운 얼음 속에는 다양한 배신자들이 서로 다른 자세로 얼어붙은 채 들어 있다. 여기 있는 영혼들은 자신을 신뢰하던 사람들을 배신한 죄인들이다. 따라서 그들의 잔인하고 차가운 마음에 어울리게 얼음 속에 갇혀 엄청난 추위에 시달리는 고통을 당하는 것이다.

첫째 구역 '카이나' 에는 가족과 친척을 배신하거나 살해한 영혼들이 있다. 그들은 단지 목 위만 얼음 밖으로 내밀고 있는데 모두 얼굴을 아래로 숙이고 있다.

둘째 구역 '안테노라' 에는 조국과 동료들을 배신한 영혼들이 벌 받고 있다. 그들도 머리만 얼음 밖으로 내밀고 있는데 얼굴은 위를 향하고 있다. 단테는 그 수많은 머리 사이로 걸어가다가 한 영혼의 얼굴을 발로 걷어차게 된다. 그는 바로 피렌체의 궬피 당파에 속했던 보카 델리 아바티의 영혼으로, 기벨리니 당파와 전투가 벌어졌을 때 그는 기벨리니 당파가 우세하자 동료들을 배신했다. 단테는 그의 머리카락을 움켜잡아 한 움큼 뽑아내면서 이름을 밝히라고 다그친다. 그는 끝내 자기 이름을 말하지 않고, 옆에 있던 다른 죄인이 그의 이름을 대신 밝혀준다.

그 영혼들 사이에서 단테는 피사 출신 우골리노 백작이 루지에리 대주교와 맞붙어 얼어붙은 채 그의 뒷덜미를 입으로 뜯어먹고 있는 소름 끼치는 광경을 본다. 단테의 정중한 요청에 우골리노 백작은 자신의 비참한 최후에 대해 이야기한다. 루지에리 대주교와의 정쟁에 패한 그는 두 아들과 두 손자와 함께 탑 속에 갇혀 굶어 죽었는데, 죽은 뒤 우연히 함께 있게 된 루지에리에게 배고픔의 복수를 하고 있다는 것이다. 백작의 이야기를 들은 단테는 어린아이들까지 굶어 죽게 만든 피사 사람들의 잔인함에 대해 격렬하게 비난을 퍼붓는다. 피사를 가로질러 흐르는 아르노 강의 양쪽 어귀를 가로막아 최소한의 인륜마저 저버린 피사 사람들이 모두 빠져 죽어버렸으면 좋겠다고 기원하기까지 한다.

뒤이어 단테는 셋째 구역 '톨로메아'로 간다. 그곳에는 손님을 배반한 영혼들이 얼굴만 얼음 위로 내밀고 있다. 그중에서 한 영혼이 지나가던 단테에게 자신의 눈 위에 얼어붙어 있는 얼음을 잠시나마 떼어달라고 부탁한다. 너무나도 혹독한 추위에 눈물마저 곧바로 얼어붙어 울 수도 없기 때문이다. 그 영혼은 단테에게 자신이 알베리고 수사라고 소개한다. 그는 불화 관계에 있던 친척들을 연회에 초대해서 죽였던 로마냐 지방 출신의 향락 수도사이다. 그를 알아본 단테가 벌써 죽었냐고 묻자, 알베리고 수사는 소름끼치는 이야기를 들려준다. 그곳 톨로메아에만 하나의 특권이 있는데, 그곳의 영혼은 배신하는 순간 곧바로 지옥으로 떨어지지만 그의 육신에는 악마가 들어가서 남은 생애 동안 지상에서 살아간다는 것이다. 이야기를 마친 알베리고 수사가 얼어붙은 눈물을 떼어달라고 부탁하지만 단테는 그의 부탁을 들어주지 않는다. 그리고

"그런 악당에겐 오히려 그것이 예의"라고 말하면서, 훌륭한 미풍양속을 버리고 온갖 악덕으로 사악해진 로마냐 사람들에 대해 한탄한다.

주데카와 루키페르 (34곡)

마지막 넷째 구역 '주데카'에는 자신에게 은혜를 베푼 사람을 배신한 영혼들이 벌 받고 있다. 주데카는 예수를 팔아먹은 가리옷 사람 유다(이탈리아어로는 주다)의 이름에서 유래하는데, 단테 시대에는 유대인들의 거주지, 즉 게토(ghetto)를 가리키는 다른 이름으로 널리 사용되고 있었다. 여기에 있는 죄인들은 완전히 얼음 속에 파묻혀 마치 "유리 속의 지푸라기처럼 투명하게" 보였다. 그리고 지옥의 한가운데(중심)에는 지옥의 마왕 루키페르가 무섭고 추악한 모습으로 틀어박혀 있다. 루키페르는 원래 아름다운 용모를 자랑하던 천사였는데 하느님께 반역하여 지옥에 떨어지면서 추악하고 무서운 괴물이 되어버렸다. 루키페르는 세 개의 얼굴에다 세 쌍의 팔과 세 쌍의 거대한 박쥐 날개를 갖고 있다. 세 개의 얼굴은 각기 빨간색, 노란색, 까만색으로 되어 있으며, 각각 증오, 무능력, 무지를 상징한다. 그리고 세 개의 입은 예수를 배신한 가리옷 사람 유다와, 카이사르를 암살했던 브루투스와 카시우스를 각각 하나씩 물고 씹으면서 날카로운 발톱으로 사정

없이 할퀴고 있다.

　이렇게 해서 지옥의 모든 것을 둘러본 두 시인은 토요일 저녁 무렵 지구의 중심을 통과한다. 지구의 중심은 바로 루키페르의 허리 부분에 해당한다. 단테는 베르길리우스의 목에 안긴다. 베르길리우스는 루키페르가 날개를 완전히 펼치는 순간 온통 털로 뒤덮인 그의 겨드랑이에 매달린다. 그리고 밑으로 내려가다가 엉덩이 부분, 즉 정확히 지구의 중심이 되는 곳에서 힘겹게 몸을 돌린다. 머리와 다리의 방향을 180도 바꾸는 순간 남반구 쪽으로 향하게 된다. 두 시인은 루키페르가 천국에서 추락할 때 생긴 좁은 동굴을 통해 남반구를 향해 기어오른다. 마침내 동굴의 입구에 이르러 하늘의 별들을 보게 된다.

연옥편

연옥의 문지기 카토와 천사의 배(1~2곡)

단테와 베르길리우스는 연옥의 산이 솟아 있는 해변에 도착한다. 단테는 뮤즈들 중에서 가장 으뜸가는 여신이며 특히 서사시를 수호하는 칼리오페에게 연옥에 대한 자신의 새로운 노래를 돌보아달라고 호소한다. 때는 부활절 일요일 새벽 무렵, 동쪽에는 아름다운 베누스(금성)가 환하게 빛나고 있다. 그리고 북반구의 하늘에서는 볼 수 없는 네 개의 별이 남쪽 하늘에서 빛나는 것을 바라본다. 주석가들에 의하면 이 상상의 별 네 개는 가톨릭의 4추덕(四樞德), 말하자면 인간의 영적인 삶에 필요한 네 가지 주요 덕성인 신중함 또는 현명함[智], 정의[義], 강인[勇], 절제[節]를 상징하는 것으로 해석된다. 그리고 백발의 위엄 있는 노인을 발견하는데, 바로 연옥의 수문장 카토이다.

일명 '우티카의 카토' 또는 '소(小)카토'로 일컬어지는 그는 카이사르에 반대하다가 자결했기 때문에 원래 지옥에 떨어져야 하는데, 단테는 그를 연옥의 문지기로 배치하고 있다. 중세에 카토는 자유의 수호자로 높이 평가되고 있었는데, 그것은 연옥의 본질적 성격에 잘 어울렸다. 연옥에서 죄지은 영혼들은 속죄와 정화를 통하여 천국으로 올라갈 수 있는 정신적 자유를 얻기 때문이다. 카토는 두 시인에게 어떻게 지옥을 거쳐 그곳에 오게 되었는지 묻는다. 베르길리우스는 단테를 데리고 저승을 여행하게 된 동기를 정중하게 설명한다. 그리고 지옥의 림보에 있는 마르티아를 위해서라도 연옥의 산을 올라가게 해달라고 부탁한다.

카토는 원래 마르티아를 아내로 맞이하여 세 아들을 낳은 뒤, 절친한 친구 호르텐시우스의 아내로 주었다가 그가 죽은 후 다시 자기 아내로 받아들였다. 베르길리우스의 말을 듣고 카토는 시인들이 정죄(淨罪)의 산에 오르는 것을 허락한다. 카토가 충고한 대로 베르길리우스는 연옥의 산을 오르기 전에 이슬로 단테의 얼굴을 씻어주고 해변에 자라는 갈대로 띠를 둘러준다. 그것은 바로 정화와 겸손함을 상징하는 의례이다.

태양이 떠오를 무렵 단테와 베르길리우스는 바닷가에서 멀리 수평선 위로 한줄기 찬란한 빛이 쏜살같이 다가오는 것을 본다. 눈부시게 빛나는 새하얀 빛이 날개라는 것을 깨달은 단테는 황급히 무릎을 꿇는다. 천사가 연옥으로

도레의 판화. 연옥으로 가는 영혼들을 실어 나르는 천사의 배.

올라가야 할 영혼들을 "날렵하고도 가벼운 배"에 싣고 오는 것이다. 뱃머리에 서 있는 천사의 뒤에는 수많은 영혼이 앉아 「시편」 114장을 노래한다. 천사는 영혼들을 내려놓은 다음 또다시 쏜살같이 떠난다.

배에서 내린 영혼들 중에서 단테는 절친한 친구이자 음악가인 카셀라를 만난다. 카셀라는 자신이 연옥으로 오게 된 경위에 대해 이야기한다. 연옥에 오게 되는 영혼들은 모두 로마를 가로질러 흐르는 테베레 강의 어귀에 모여 기다리다가 때가 되어서야 천사의 배에 오를 수 있다. 지상에서의 덕행에 따라 배에 오르는 차례가 결정되기 때문에 어떤 사람은 아주 오랫동안 기다려야 한다. 그런데 카셀라는 때마침 1300년 희

년을 맞아 이루어진 대사면 덕택에 죽은 지 석 달 만에 연옥에 오게 되었다는 것이다. 단테는 그에게 노래를 청하고, 모두 넋을 잃고 그의 아름다운 노래를 듣는다. 그런데 카토가 나타나 호되게 꾸지람을 하며 빨리 가서 죄를 씻으라고 재촉한다.

파문당한 자와 게으른 자들(3~4곡)

카토의 꾸지람을 듣고 단테와 베르길리우스는 서둘러 연옥의 산을 향해 간다. 단테는 베르길리우스의 그림자가 없는 것을 보고 깜짝 놀란다. 베르길리우스는 자신은 죽은 몸이라는 것을 상기시키며 인간의 어리석음에 대해 한탄한다. 그들은 연옥의 산발치에 이르지만 너무나 험준하여 어디로 올라가야 할지 길을 찾지 못한다. 그때 한 무리의 영혼이 천천히 걸어오고 있는 것을 본 베르길리우스가 그들에게 올라갈 만한 길을 묻는다. 단테가 살아 있는 것을 보고 깜짝 놀라는 그들에게 저승 여행의 이유를 설명해준다. 그들은 파문당한 자들의 영혼인데, 그들 중 만프레디 왕이 단테에게 자신의 죽음에 대해 이야기한다.

황제 프리드리히 2세의 아들인 그는 나폴리와 시칠리아 왕국을 통치했는데 프랑스의 군대가 나폴리를 공격하자 맞서 싸우다가 베네벤토 전투에서 전사했다. 그런데 당시 교황

클레멘스 4세와 사이가 좋지 않아 여러 번 파문을 당했고, 전사한 뒤에도 교황의 명령에 따라 그의 주검은 무덤에서 파헤쳐져 강가의 맨땅에 그대로 버려졌다는 것이다.

파문당한 영혼들이 가르쳐준 대로 두 시인은 좁고 험준한 바위길을 통해 위로 올라간다. 힘겹게 비탈 위로 올라간 단테는 자신의 그림자가 남쪽으로 비치는 것을 보고 의아하게 여긴다. 그러자 베르길리우스는 왜 연옥의 산에서는 해가 북쪽 하늘의 길로 가는지 설명해준다. 남반구에서는 북반구와 달리 태양이 다른 길을 따라 돌기 때문이라는 것이다. 그들은 커다란 바위 근처에서 게으름 때문에 삶의 막바지까지 참회를 늦추었던 영혼들을 만난다. 그들 중에서 단테의 친구였던 벨라쿠아를 발견한다. 단테가 왜 이렇게 게으름을 피우며 앉아 있느냐고 묻자 벨라쿠아는 대답한다. 본격적인 연옥으로 들어가 정화의 형벌을 받으려면 살아 있을 때 참회를 늦춘 만큼 입구 연옥에서 기다려야 한다는 것이다. 정확히 말해 그들은 참회하기 전까지 "오만하게 보낸 시간의 삼십 배 기간 동안" 밖에서 기다려야 한다.

비명에 죽은 자들(5~7곡)

정오 무렵 두 시인은 태만한 영혼들을 떠나 계속해서 올라가는 동안 한 무리의 다른 영혼들을 만난다. 그들은 죽기 직전까지 회개를 미루다가 갑작스럽게 죽음을 당한 자들이다. 그들도 단테가 살아 있는 것을 보고 깜짝 놀란다. 하지만 두 시인은 걸음을 멈추지 않고 계속 걸어가면서 그들과 이야기를 나눈다. 그중에서 단테는 몬테펠트로 출신의 부온콘테에게, 어찌하여 캄팔디노 전투에서 사망한 그의 시신을 찾을 수 없는지 질문한다. 그는 전투에서 부상당한 몸으로 달아나다가 죽음이 임박한 순간 마리아의 이름을 부르며 숨졌는데, 하느님의 천사가 그의 영혼을 거두어가자, 지옥의 사자가 그의 시신이라도 차지하겠다고 빼앗아갔다는 것이다. 그리하여 그의 시신은 때마침 내리는 비로 불어난 강물에 휩쓸려 강바닥에 묻혔다고 이야기한다.

비명에 죽은 다른 영혼들이 계속해서 따라오며 이야기를 하지만 두 시인은 걸음을 늦추지 않는다. 마침내 그들의 곁을 떠난 뒤 단테는 베르길리우스에게 기도의 가치에 대해 질문한다. 만나는 영혼마다 단테에게 이승으로 돌아가거든 친지들에게 대도(代禱)를 부탁했기 때문이다. 베르길리우스는 산 자들의 기도 덕택에 속죄하는 기간이 단축된다고 해서 하느님의 엄정한 심판과 정의가 바뀌는 것은 아니라고 대답한다. 두 시인은 홀로 의연하고 도도하게 앉아 있는 영혼을 발견한다. 베르길리우스가 길을 가르쳐달라고 부탁해도 그 질문에는 대답하지 않고 오히려 이탈리아와 세상일에 대하여 묻는다.

베르길리우스가 "만토바" 하고 말을 꺼내자 벌떡 일어나 자기 고향도 그곳이라며 반갑게 인사한다. 고향 사람을 그렇게 반갑게 맞이하는 모습을 보고 단테는 장중하고 엄숙한 어조로 싸움과 불화가 끊이지 않는 이탈리아와 "병든 여인 같은" 피렌체에 대해 비난과 한탄을 늘어놓는다.

소르델로와 연옥의 문(8~9곡)

그는 13세기 만토바 출신의 탁월한 음유시인이었던 소르델로의 영혼이었다. 소르델로는 고향 사람이 위대한 시인 베르길리우스임을 알아보고는 정중하게 무릎을 꿇고 예를 올린다. 베르길리우스가 연옥으로 올라가는 길을 묻자 소르델로는 두 시인에게 밤에는 연옥의 산을 오를 수 없다고 설명한다. 밤의 어둠이 위로 올라가려는 의지를 꺾어 힘을 빼앗기 때문이라는 것이다. 그러고는 밤을 보낼 수 있는 곳으로 안내한다. 바위 사이의 움푹한 곳에 아름다운 꽃이 피어 있는 풀밭이 있는데, 그곳에는 이미 여러 영혼이 모여 성모 마리아에게 바치는 노래를 합창하고 있었다. 그들은 군주와 제후들의 영혼으로, 소르델로는 그들을 하나하나 가리키며 소개한다.

연옥의 첫날 해가 질 무렵 군주와 제후의 영혼들은 만도(晚禱)의 노래를 부른다. 하늘에서 녹색 날개의 천사 둘이 불붙은 칼을 들고 나타나는데 칼끝이 이지러져 뭉툭하다. 베거나 죽이기 위한 칼이 아니라 단지 경고하고 방어하기 위한 칼이기 때문이다. 밤이 되면 나타나는 뱀으로부터 계곡의 영혼들을 지키기 위해 내려오는 것이다. 소르델로는 두 시인을 계곡으로 안내한다. 단테는 우골리노 백작의 외손자 니노를 만나 반갑게 인사를 나눈다. 이브를 유혹했던 뱀이 나타나자 천사들이 쫓아낸다. 단테는 망명 중에 환대를 받았던 말라스피나 가문의 코라도와 이야기를 나누고 그의 예언을 듣는다.

단테는 왕과 제후들의 계곡에서 잠이 들었는데, 새벽녘 꿈에 황금 깃털의 거대한 독수리가 하늘에서 내려와 자신을 잡아채 위로 올라가는 것을 느낀다. 잠에서 깨어난 단테는 자신이 어느새 연옥의 문 앞에 와 있는 것을 깨닫는다. 베르길리우스는 단테가 잠든 사이에 하늘에서 성녀 루치아가 내려와 그를 연옥의 문까지 올려주었다고 설명한다. 연옥의 문 앞에는 계단이 셋인데, 각각 다른 돌로 되어 있다. 세 계단은 각각 회개의 세 가지 요소로 해석된다. 첫째 계단은 거울처럼 깨끗하고 맑게 비치는 새하얀 돌로 되어 있으며 자신의 죄를 양심에 비춰보는 것을 의미한다. 둘째 계단은 사방에 금이 간 거칠고 메마른 돌로 되어 있으며 죄의 고백을 상징한다. 셋째 계단은 불처럼 새빨간 돌로 되어 있으며 죄의 형벌을 채우려는 의지를 상징한다. 계단 위에는 문지기 천사가 앉아 있다. 천사는 단테의 이마에 대죄를 상징하는 P자 일곱 개를 칼로 새겨준다. 그리고 금과 은으로 만들어진 두 개의 열쇠로 연옥의 문을 열어준다. 연옥의 거룩한 문을 열어주면서 천사는 단테에게 이렇게 충고한다.

"들어가라. 하지만 뒤를 돌아보는 자는 밖으로 돌아가게 된다는 것을 명심하라."

교만의 죄인들 (10~12곡)

본격적인 연옥에 들어선 두 시인은 좁고 굽은 길을 거쳐 첫째 둘레로 올라간다. 연옥의 산은 가파른 절벽으로 이루어져 있는데, 영혼들이 형벌을 받는 일곱 '둘레'는 일종의 선반처럼 평평하고, 그 폭은 대략 사람 키의 세 배 정도이다. 첫째 둘레의 깎아지른 절벽은 흰 대리석으로 되어 있다. 그 대리석 위에는 성모 마리아와 다윗, 트라야누스 황제가 보여준 겸손의 일화들이 부조로 새겨져 있는데, 마치 살아 있는 것처럼 생생하게 묘사되어 있다.

연옥의 각 둘레에서는 콘트라파소에 따른 죄와 형벌의 양상을 예시적으로 보여주는 다양한 예화(例話)들이 등장한다. 사례들은 두 가지 방식으로 제시되는데 하나는 해당되는 죄의 결과를 예시하고, 다른 하나는 죄와 정반대되는 덕성을 예시하는 일화로 구성된다.

한쪽에서는 교만의 죄를 지었던 영혼들이 등에 커다란 바윗덩이를 짊어지고 걸어온다. 그들은 무거운 짐을 지고서도 주기도문을 낭송하면서 첫째 둘레를 돌고 있다. 베르길리우스가 쉽게 올라갈 수 있는 길을 묻자 시에나 출신의 움베르토가 대답하고 자신에 대해서도 이야기한다. 다른 영혼 오데리시가 단테를 알아보고 말을 건넨다. 오데리시는 구비오 출신의 세밀화 또는 채식(彩飾) 화가로 유명했던 사람이다. 그는 이 세상에서 평가하는 영광과 명성의 덧없음에 대해 이야기한다. 그리고 다른 교만의 영혼들을 소개하면서 단테의 미래에 대해 암시하는 말을 한다.

두 시인은 계속해서 앞으로 나아간다. 앞으로 나아가면서 바라보니 땅바닥에는 교만으로 인해 벌을 받았던 사람들의 예시적 그림들이 다양하게 펼쳐져 있다. 그것들은 반역한 천사 루키페르를 비롯하여 그리스 신화의 여러 인물들과 니오베, 사울, 아라크네, 로보호암, 알크마이온 등 교만했던 자들의 비극적인 결말을 보여준다.

마침내 새하얀 옷을 입은 천사가 나타나 위로 올라가는 길을 가르쳐준다. 그리고 단테의 이마에 새겨진 P자들 중의 하나를 날개의 깃털로 지워준다. 이런 의례는 각 둘레를 올라갈 때마다 반복된다. P자 하나가 지워지자 단테는 자신의 몸이 한결 가벼워짐을 느낀다. 죄의 무거움에서 한 겹 벗어났기 때문이다. 두 시인은 좁은 계단을 통해 둘째 둘레로 올라간다.

질투의 죄인들 (13~14곡)

둘째 둘레는 질투의 죄인들이 벌을 받으며 속죄하는 곳이다. 그곳에 올라선 단테는 신비로운 목소리들이 바람처럼 귓전을 스치고 지나가면서 말하는 소리를 듣는다. 질투와는 정반대로 사랑과 자비를 권유하는 예시적 일화들을 들려주는 것이다. 대부분 성서나 신화에 나오는 유명한 이야기들인데, 간단하고 핵심적인 한두 마디로 표현된다. 질투의 죄인들은 철사로 눈이 꿰매진 채 암벽에 기대앉아 성모 마리아와 천사와 성인들을 부르며 기도한다. 그중에서 단테는 시에나 출신의 여인 사피아와 이야기를 나눈다. 그녀는 단순히 질투심 때문에 피렌체와의 전투에서 고향이 패배하는 것을 보고 즐거워했던 여인이다.

또 다른 질투의 죄인들 중에서 두 영혼이 서로 이야기하다가 한 영혼이 단테에게 말을 건다. 라벤나의 귀족 구이도이다. 그는 단테가 아르노 강가에서 왔다는 말을 듣고, 그 주변의 여러 도시들을 하나하나 열거하면서 거기 사는 사람들의 부패와 타락에 대해 비판한다. 이어 로마냐 지방의 타락에 대해서도 한탄한다.

분노의 죄인들 (15~17곡)

　오후 세 시경 석양을 마주보며 걸어가던 두 시인은 눈부신 천사를 만나고 셋째 둘레를 향해 올라간다. 올라가는 동안 단테의 질문에 베르길리우스는 지상의 재화에 대한 사랑과 천상의 선에 대한 사랑의 차이에 대해 설명한다. 지상의 재화는 공유할수록 줄어들기 때문에 그것에 대한 인간의 욕망은 질투로 이어져 죄를 짓게 되지만, 반대로 인간의 욕망이 최고 하늘의 사랑을 지향하면 오히려 자비가 넘치고 더 많은 선을 소유하게 된다. 하늘의 사랑은 원하는 사람이 많을수록 더욱 커지고, 또한 각자 얻는 선도 오히려 더 많아지기 때문이라는 것이다.

　셋째 둘레에 올라선 단테는 황홀한 환상에 빠지게 된다. 환상 속에서 그는 분노와 반대되는 온유함과 너그러움의 일화들을 본다. 예수를 찾아 헤매던 성모 마리아, 사람들이 많은 곳에서 자기 딸에게 입맞춤을 한 청년을 용서했던 아테네의 왕 페이시스트라토스, 그리고 자신을 돌멩이로 쳐 죽이는 무리를 용서해달라고 기도했던 최초의 순교자 성 스데파노의 일화이다. 셋째 둘레에는 분노의 죄인들이 분노를 상징하는 짙은 연기 속에서 참회하고 있다. 벌 받는 영혼들 중에서 롬바르디아 사람 마르코가 단테에게 말한다. 단테는 그에게 이 세상에는 덕성이 사라지고 도덕적으로나 정치적으로 타락하게 되었다며 그 이유를 묻는다. 마르코는 사람들이 제한된 지상의 재화를 뒤쫓고 있는 까닭은 그들을 올바르게 인도해야 할 통치자와 목자들이 잘못 다스리기 때문이라고 대답한다. 그러면서 롬바르디아 지방의 도덕적 타락에 대하여 한탄한다.

셋째 둘레의 짙은 연기에서 벗어난 단테는 또다시 환상을 본다. 분노 때문에 벌을 받아 비참한 최후를 맞이한 사람들에 대한 일화가 눈앞에 생생하게 펼쳐진다. 꾀꼬리로 변한 프로크네, 다른 사람을 모함하여 죽이려다가 오히려 자신이 죽음을 당한 페르시아 왕 아하스에로스의 신하 하만, 그리고 엉뚱한 분노로 자살한 라티움의 왕 라티누스의 아내 아마타의 일화들이다. 환상에서 깨어난 단테는 천사의 안내를 받아 넷째 둘레로 향하는 계단으로 올라간다.

올라가던 중 밤이 되어 더 이상 앞으로 나아갈 수 없게 되자, 베르길리우스는 단테에게 죄의 원인이 되는 사랑에 대해 설명하고, 죄의 유형에 따라 연옥이 어떻게 구성되어 있는지도 설명한다. 죄는 지상의 가치들이나 하느님에 대한 잘못된 사랑에서 비롯된다는 것이다. 남의 불행을 좋아하는 것은 교만과 질투와 분노의 죄로 이끌고, 하느님에 대한 사랑이 부족

할 경우에는 나태의 죄가 되고, 마지막으로 지상의 쾌락을 지나치게 사랑하면 탐욕과 탐식과 방탕의 죄를 범하게 된다는 것이다. 계속해서 베르길리우스는 단테에게 사랑의 본성에 대해, 특히 자유의지에 대해 설명한다. 그런 사랑의 올바른 통제를 위해 인간에게는 자유의지가 부여되었고, 그로 인해 인간은 모두 자기 행위에 대해 책임을 지게 된다는 것이다. 그리고 나머지 궁금한 것에 대해서는 나중에 베아트리체가 잘 설명해줄 것이라고 말한다.

나태의 죄인들 (18~19곡)

한밤중이 되자 두 시인 앞으로 나태의 죄를 지은 영혼들이 쉴 새 없이 달려가면서 죄를 씻는다. 그들은 근면함과 부지런함을 예시하는 일화들을 큰 소리로 외치면서 무리를 지어 달려간다. 베르길리우스가 그들 중의 한 영혼에게 길을 묻자, 그는 빨리 속죄하고 싶은 욕망에 걸음도 멈추지 않은 채, 자신들을 따라오라면서 자신은 산 제노의 수도원장이었다고 간단하게 소개하고 나서 재빨리 달려가 버린다. 다른 영혼들이 게으름으로 벌을 받은 일화들을 외치면서 달려가는 동안 단테는 잠에 빠진다.

새벽녘 꿈속에서 단테는 죄의 유혹을 암시하는 세이렌을 본다. 그녀는 말더듬이에다 눈은 사팔뜨기이고 다리는 뒤틀리고 두 손은 끊어진 창백한 모습이었는데, 단테가 바라보자 순식간에 아름다운 모습으로 변하여 유혹의 노래를 부른다. 그러자 어느 성스러운 여인이 나타나 그녀의 옷 앞자락을 헤치고 배를 보여주는데 거기서 나오는 역겨운 악취 때문에 단테는 잠에서 깨어난다. 천사의 안내를 받아 두 시인은 다섯째 둘레로 올라간다.

탐욕과 인색함의 죄인들(20~22곡)

그곳에는 탐욕 때문에 인색했거나 또는 반대로 재산을 낭비했던 영혼들이 땅바닥에 엎드려 속죄하고 있다. 단테는 그들 중에서 교황 하드리아누스 5세와 이야기를 나눈다. 단테가 존경심에 무릎을 꿇으려고 하자 교황은 다른 사람들과 함께 우리는 한 분의 권능 아래서 동일하다고 말하면서 일어나라고 한다.

그리고 다른 한 영혼이 청빈과 너그러움의 예들을 노래한다. 청렴하고 결백했던 로마의 집정관 파브리키우스, 너무 가난하여 딸들을 팔려고 하는 사람에게 몰래 지참금을 넣어주었던 성 니콜라우스(그가 바로 산타클로스라고 주장하기도 한다)의 일화이다. 노래를 부른 영혼은 프랑스 카페 왕가의 조상인 위그 카페이다. 그는 자기 후손인 프랑스 왕들의 타락과 죄악에 대해 한탄하면서, 그로 인해 이탈리아와 교황에게 가해질 불행에 대해 예언한다. 그리고 그곳의 영혼들은 낮에는 청빈과 자비의 예들을 노래하지만, 반대로 밤에는 탐욕에 대한 벌의 예들을 노래한다고 설명해준다. 두 시인은 계속해서 앞으로 나아가는데, 갑자기 지진이 일어난 듯 산이 떨리고 사방에서 크게 외치는 소리가 들려온다. 자세히 들어보니 그 소리는 하느님의 영광을 찬양하는 노래이다.

두 시인은 영문을 모른 채 계속 앞으로 나아가는데 뒤에서 한 영혼이 나타난다. 라틴 시인 스타티우스의 영혼으로, 이제 죄를 완전히 씻고 천국으로 올라가는 중이라고 한다. 베르길리우스의 질문에 그는 조금 전에 있었던 지진과 함성의 원인에 대해 설명한다. 먼저 연옥 산의 속성은 기후나 다른 모든 자연적 변화에서 자유로우며 어떤 것에도 영향을 받지 않는다고 강조한다. 하지만 자기처럼 정화의 형벌을 모두 마친 영혼이 천국을 향해 올라갈 때는 다른 영혼들이 축하하고 찬양하는 기도의 함성이 울려 퍼지고 산 전체가 흔들릴 수 있다는 것이다. 그런 다음 스타티우스는 자신을 소개한다. 특히 자신의 모든 영광은 베르길리우스의 『아이네이스』 덕분이라면서, 베르길리우스와 함께 살 수 있었다면 연옥에서 일 년 더 형벌을 받는 것도 마다하지 않았을 것이라고 말한다. 단테가 빙그레 웃자 스타티우스는 그 이유를 캐묻는다. 단테는 바로 곁에 있는 분이 베르길리우스라고 밝힌다. 스타티우스는 무릎을 꿇고 스승의 발을 껴안으며 기뻐한다.

탐식의 죄인들 (23~24곡)

두 시인은 스타티우스와 함께 여섯째 둘레로 올라간다. 스타티우스는 자신이 탐욕과는 정반대로 낭비의 죄를 지었다고 이야기하면서 자신이 어떻게 해서 그리스도교인이 되었는지도 설명한다. 그렇지만 오랫동안 종교적 믿음을 감추었던 태만의 죄로 넷째 둘레에서 400년 이상 벌을 받았다고 이야기한다. 앞으로 나아가던 세 시인은 향기롭고 멋진 열매들이 달린 나무 한 그루를 본다. 그런데 그 나무는 사람들이 위로 올라가지 못하도록 아래쪽이 가느다랗게 생겼는데, 나무 위의 절벽에서 시원한 물이 떨어져 잎사귀들을 적시고 있으며, 나뭇잎들 사이에서는 탐식의 절제를 예시하는 노래가 들려온다.

탐식의 죄인들이 해골처럼 비쩍 마른 모습으로 세 시인 앞을 지나간다. 그들 중 포레세 도나티가 단테를 알아보고 이야기한다. 포레세는 단테의 아내 젬마 도나티의 사촌이자, 젊었을 때 단테와 아주 가까운 친구 사이로 서로 농담 어린 저속한 소네트들을 교환하기도 했다. 그 시들에서도 단테는 포레세의 탐식을 거론했다. 포레세는 영혼들이 마른 이유를 설명하는데, 나무의 열매에서 나는 냄새와 잎사귀 위로 떨어지는 물 냄새 때문에 먹고 마시고 싶은 욕망이 커지면서 야위게 된다는 것이다. 그리고 그는 피렌체 여인들의 도덕적 타락에 대하여 비난을 퍼붓는다. 단테는 그에게 자신의 저승 여행에 대해 이야기한다.

포레세는 단테에게 탐식의 영혼들 중 몇몇을 소개한다. 그들 중에는 볼세나 호수에서 잡은 뱀장어를 최고급 포도주에 넣어 취하게 한 다음 요리하여 먹었던 교황 마르티누스 4세를 비롯하여 여러 성직자와 귀족들도 있다. 단테는 루카 출신의 시인 보나준타와 함께 감미롭고 새로운 문체, 즉 청신체(淸新體) 시의 본질적 특징에 대해 이야기한다. 포레세는 단테와 피렌체의 미래에 대해 예언하고 떠난다. 세 시인은 벌받은 탐식의 예들을 노래하는 두 번째 나무를 보고 나서 일곱째 둘레로 안내하는 천사를 만난다.

사랑의 죄인들(25~27곡)

일곱째 둘레로 올라가는 동안에 단테는 연옥의 영혼들에게는 음식이 필요 없는데 무엇 때문에 그렇게 비쩍 마를 수 있는가 하고 질문한다. 베르길리우스는 스타티우스에게 대신 대답해주라고 부탁한다. 스타티우스는 육체와 영혼의 본질, 즉 어떻게 인간의 육체가 생성되고 태어나는지, 영혼은 어떻게 해서 발생하게 되는지, 그리고 육체가 죽은 뒤에 영혼은 어떤 상태가 되는지에 대해 자세하게 설명한다. 죽음과 함께 영혼은 육신에서 분리되지만, 고유의 형성 능력으로 인해 살아 있는 사지와 똑같은 모양을 잠정적으로 갖추게 된다고 한다. 그 잠정적 그림자는 여러 감각기관까지 갖추어 웃거나 울기도 하고, 배고픔을 느끼기도 한다는 것이다.

이야기를 나누는 동안 세 시인은 일곱째 둘레로 올라간다. 그곳에는 호색과 애욕의 영혼들이 뜨거운 불꽃 속에서 속죄하고 있다. 불길 속에서는 순결의 일화들을 노래하는 소리가 들려온다. 불꽃을 피해 가장자리로 걸어가던 세 시인에게 호색의 영혼들이 이야기를 건넨다. 그 순간 다른 한 무리의 영혼이 마주보며 걸어오고 있는데, 수간(獸姦)의 죄를 지었던 영혼들이다. 마주친 두 무리는 다정한 인사를 짧게 교환하고 나서 서로의 죄를 상기시키는 말을 크게 외친다. 그러고는 다시 계속해서 각자의 길을 간다. 단테가 자신의 저승 여행에 대해 말하자, 한 영혼이 자신은 구이도 구이니첼리라고 소개한다.

그는 볼로냐 출신의 시인으로서 그의 영향을 받아 단테를 비롯한 피렌체의 여러 시인들이 '청신체' 시파를 형성했던 것이다. 단테는 기쁜 마음으로 그에게서 많은 영향을 받았다고 고백한다. 구이니첼리는 함께 있던 다른 시인을 소개한다. 12세기 후반에서 13세기 초에 걸쳐 프랑스 남부 프로방스 지방에서 활동했던 유명한 음유시인 아르노 다니엘(이탈리아어 이름은 아르날도 다니엘로)이다. 그는 단테의 부탁에 프로방스 언어로 자신의 심경을 노래한다.

해질녘에 천사가 나타나 세 시인에게 불길을 뚫고 지나가라고 인도한다. 단테가 불 속으로 들어가지 못하고 망설이자 베르길리우스가 베아트리체를 상기시킨다. 그 말에 단테는 용기를 내어 뛰어든다. 용광로처럼 뜨거운 불길을 지나 그들은 암벽 사이의 계단을 오른다. 오르는 도중에 밤이 되고 모두들 계단 위에서 잠이 든다. 단테는 꿈에 예언적인 환상을 본다. 젊고 아름다운 여인이 들판에서 꽃을 따고 거닐면서 감미로운 노래를 부르는 모습이다. 그녀는 동생 라헬과 함께 야곱의 처가 되었던 레아이다(「창세기」 29장 16절 이하 참조). 라헬이 명상적 삶을 상징하는 것과는 대조적으로 레아는 활동적인 삶의 상징으로 간주된다. 잠이 깬 세 시인은 기쁘고 즐거운 마음으로 마지막 계단을 올라간다. 베르길리우스는 단테에게 이제 험난하고 힘든 길에서 벗어났으니 마음대로 자유롭게 행동해도 좋다고 이야기한다.

지상 천국과 신비로운 행렬(28~29곡)

세 시인은 마침내 지상 천국에 도착한다. 에덴동산처럼 아름다운 그곳은 부드럽고 신선한 풀밭에 아름다운 꽃들이 만발하고 숲이 우거져 있다. 가볍게 흔들리는 나뭇가지들 사이로 새들이 감미로운 노랫소리가 들려온다. 낙원을 거닐던 단테는 어느 맑은 시냇물 건너에서 아름다운 여인 마텔다가 노래를 부르며 꽃을 따는 모습을 발견한다. 마텔다가 구체적으로 누구인지, 그 이름이 어디에서 유래한 것인지 분명하지 않다. 다만 단테의 꿈에 나타났던 레아처럼 영혼의 활동적인 삶을 상징하는 것으로 해석된다. 베아트리체가 관조적인 삶을 대변하는 것과는 대조적이다.

단테의 요청에 마텔다는 지상 천국의 속성과 그곳에 흐르는 두 개의 강에 대해 설명한다. 하느님은 인간에게 평화로운 지상 천국을 주셨지만 인간은 자기 잘못으로 그곳에서 쫓겨나게 되었다는 것이다. 그리고 그곳에서는 모든 초목이나 강물이 하느님의 뜻에 따라 생겨나고 흐른다고 설명한다. 두 개의 강은 레테와 에우노에, 레테는 죄의 기억을 씻어 완전히 잊게 해주는 강이고, 에우노에는 반대로 잊혔던 선의 기억을 새롭게 되살려주는 강이다.

단테가 마텔다를 따라 걸어가는데 숲에서 눈부신 빛이 비치고 노랫소리가 들려온다. 그리고 레테 강의 맞은편으로 신비롭고 장엄한 행렬이 다가오는 것을 본다. 일곱 개의 거대한 촛대를 선두로 스물네 명의 장로, 네 마리 환상적인 짐승, 그리프스가 끄는 수레, 춤추는 여인들, 백발의 노인들이 엄숙한 행렬을 지어 앞으로 나온다. 일곱 촛대는 하느님의 7가지 은

혜를 상징하고, 24명의 장로는 구약 24권, 4마리 환상적인 짐승은 신약의 4대 복음서를 상징한다. 그리프스(그리스 신화의 이름으로는 그리페스)는 사자의 몸체에다 독수리 머리와 힘센 날개가 달린 상상의 동물인데, 여기서는 신성(神性)과 인성(人性)을 동시에 지닌 그리스도를 상징한다. 또한 수레는 교회를 상징하고, 수레의 양쪽 바퀴 옆에서 춤추는 일곱 여인은 4가지 추덕(樞德)과 3가지 덕성을 상징하며, 백발의 노인들은 그리스도의 사도들을 상징한다.

베아트리체와의 만남(30~31곡)

그 장엄하고 신비로운 행렬은 단테가 서 있는 강가 맞은편에서 멈춘다. 앞장선 스물네 장로의 노랫소리가 들리고 수레 위로 수많은 천사가 나타난다. 그리고 천사들이 꽃을 뿌리는 가운데 하늘에서 베아트리체가 내려온다. 너무나도 감격한 단테는 그녀의 모습에 옛 사랑이 불타오르고, 감동에 젖어 곁에 있던 베르길리우스에게 말을 꺼내려는 순간 그는 사라진다. 그는 단테를 베아트리체에게 맡기고 자신은 지옥의 림보로 돌아간 것이다. 단테가 눈물을 흘리며 슬퍼하자 베아트리체는 이제 다른 것으로 울어야 할 테니 울지 말라고 말한다. 승리를 상징하는 올리브나무 잎사귀를 머리에 두른 베아트리체는 단테에게 오랫동안 올바른 길을 벗어나 헤맨 것에 대해

엄하게 꾸짖는다. 만약 단테가 "어떤 참회의 대가도 없이 레테의 강을 건너고 또 그 물을 마신다면 하느님의 높으신 뜻을 어기는 것"이기 때문이다.

베아트리체의 책망을 듣고 난 단테는 부끄러움에 회한의 눈물을 흘리면서 자신의 죄를 고백한다. 또다시 베아트리체의 꾸지람이 이어지고, 스스로의 죄의식에 짓눌린 단테는 정신을 잃고 쓰러진다. 정신을 차린 단테는 마텔다의 손에 이끌려 레테의 강물 속에 완전히 잠기고 또 그 물을 마시고 나서 수레 근처에 있는 일곱 가지 덕성의 여인들에게 안내된다. 여인들은 노래를 부르며 단테를 그리프스 곁으로 데려간다. 이제 단테는 베아트리체를 바라볼 수 있게 되고, 천사들의 노래에 맞추어 여인들이 춤추는 가운데 마침내 베아트리체는 단테를 향해 미소를 던진다.

행렬의 예언적 변신(32~33곡)

베아트리체의 미소에 넋을 잃은 단테는 마차 위의 그녀를 뚫어지게 바라본다. 그런 다음 주위를 둘러보니 신비의 행렬이 방향을 바꾸어 뒤로 돌아간다. 단테는 행렬을 따라 어느 나무 앞에 이르자 베아트리체가 마차에서 내려온다. 어마어마하게 거대한 나무는 바로 이브가 열매를 따먹은 "선과 악을 알게 하는 나무"(「창세기」 2장 9절)였다. 그리프스는 자신이 끌고 온 수레를 나무에 묶는다. 아름다운 노랫소리에 단테는 깜박 잠이 들었다가 깨어나 환상과 같은 특이한 광경을 본다. 괴상한 괴물로 변한 수레가 숲 속으로 끌려가는 모습이었다. 독수리와 여우가 나타나 수레를 공격한다. 독수리의 깃털이 수북이 쌓인 수레는 또다시 용의 공격을 받고 한쪽 끝이 떨어져 나간다. 그러자 수레는 사방에서 뿔이 돋아나 괴물 같은 형상으로 바뀐다.

수레 위에는 뻔뻔스러운 창녀 하나가 앉아서 곁에 있는 거인과 키스를 한다. 그러자 거인은 창녀와 함께 괴물로 변해버린 수레를 끌고 숲 속으로 들어간다. 이 신비로운 장면은 교회의 역사를 총체적으로 상징하는 것이다. 말하자면 로마 제국의 초기 그리스도교 박해와 이단들, 콘스탄티누스 황제의 기증서로 비롯되는 교회의 타락, 이슬람교의 분파, 프랑스 왕의 횡포와 교황권의 실추 등을 암시한다.

베아트리체는 일곱 여인을 앞세우고 단테, 스타티우스, 마텔다와 함께 가면서 단테에게 앞날에 대한 예언들을 들려준다. 머지않아 독수리로 상징되는 정의로운 황제가 나타나 창녀와 거인을 죽일 것이라는 예언이다. 그리고 단테에게 여기서 본 것을 잘 기억했다가 지상에서 살아가는 사람들에게 그대로 전하라고 부탁한다. 그렇게 이야기하며 가는 동안 그들은 에우노에 강에 도달한다. 마텔다의 안내로 단테는 스타티우스와 함께 강물을 마신다. 새로운 잎사귀로 다시 태어나는 나무처럼 완전히 깨끗해진 몸으로 별들을 향해 올라갈 준비를 한다.

천국편

달의 하늘(1~4곡)

단테는 천국에 대한 노래를 시작하기 전에 먼저 아폴론에게 이 마지막 위대한 작업에 월계관을 씌워달라고 기원한다. 지금까지는 뮤즈들의 도움만으로도 충분했으나 하늘나라의 노래를 위해서는 음악과 시의 최고 신 아폴론의 도움도 필요하기 때문이다. 베아트리체와 함께 가던 단테는 주위가 환하게 빛나는 것을 느낀다. 베아트리체는 하늘들을 응시하고 단테는 베아트리체를 응시한다. 눈부신 빛과 아름다운 노래 속에 정신을 차리지 못하는 단테에게 베아트리체는 지금 번개보다 빠른 속도로 하늘로 날아오르고 있다고 알려준다. 단테는 자신이 아직 살아 있는 몸으로 어떻게 대기권을 뚫고 날아오를 수 있는지 물어보고, 베아트리체는 하늘나라에서는 인간의 이성으로 이해할 수 없는 일들이 가능하다고 대답한다.

단테는 혹시라도 철학이나 신학의 교양이 부족한 독자에게는 「천국편」의 노래가 어렵게 보일 수도 있다고 미리 알려준다. 잘못하면 길을 잃고 헤맬 수도 있으니 아예 미리 돌아가라고 권한다. 단테와 베아트리체는 시위를 떠난 화살보다 빠르게 날아올라 달의 하늘[月天]에 도착한다. 그곳은 "마치 햇살이 빛을 뿌려주는 다이아몬드처럼 눈부시고 진하며, 단단하고 깨끗한 구름" 속에 휩싸여 있는 듯하다. 단테는 달의 얼룩처럼 보이는 것이 무엇 때문인지 질문하고, 베아트리체는 신학과 철학과 물리학의 원리들을 들어 설명한다.

월천에는 순결의 서원(誓願)을 했으나 다른 사람들의 폭력으로 그 서원을 지키지 못한 영혼들이 있다. 거기서 단테는 포레세의 누이 피카르다를 만난다. 피카르다는 자신은 성녀 클라라 수도회의 수녀였으나 정치적인 이유로 오빠가 강요하는 바람에 환속하게 되었다고 이야기한다. 그리고 곁에 함께 있던 영혼을 소개하는데 프리드리히 2세 황제의 어머니인 코스탄차이다. 그녀도 원래 수녀였으나 원하지 않는 결혼을 하여 황후가 된 여인이다.

피카르다가 떠나고, 단테는 마음속에 두 가지 의문을 품고 있으나 차마 베아트리체에게 물어보지 못한다. 타인의 폭력으로 서원을 지키지 못한 영혼들이 왜 천국에서 복을 덜 받고 있는 것처럼 보이는지, 왜 영혼들이 플라톤의 이론을 따르는 것처럼 보이는지에 관한 것이다. 베아트리체는 그런 단테의 마음을 읽고 의문에 대해 대답한다. 특히 월천에서 나타난 영혼들도 실지로는 최고의 하늘에서 하느님 곁에 있다고 설명한다. 천국의 복된 영혼들은 모두 최고의 하늘에 있는데, 다만 인간의 감각으로 이해할 수 있도록 그렇게 나타났으며, 영혼들은 단테를 맞이하여 이야기를 나눈 다음에는 다시 높은 하늘로 올라간다는 것이다.

수성의 하늘(5~7곡)

베아트리체의 설명을 들은 뒤 단테에게 또 다른 의문이 생긴다. 한 번 깨진 서원을 다른 선행으로 채울 수 있는지 알고 싶은 것이다. 베아트리체는 단테에게 서원의 본질과 가치에 대해 설명한다. 그리고 그리스도교인들에게 서원을 가볍게 여기지 말고 신중하게 행동할 것을 충고한다. 그러고 나서 단테와 베아트리체는 빠른 속도로 둘째 하늘 수성천으로 올라간다. 그곳에서는 수많은 영혼들이 두 사람을 맞이하는데 세상에서 큰 뜻을 품고 일했던 영혼들이다. 그중에 한 영혼이 앞으로 나서며 단테에게 궁금한 것을 모두 물어보라고 말한다. 단테는 그가 누구인지, 어떻게 해서 수성천에 있게 되었는지 질문한다.

그 영혼은 자신은 유스티니아누스 황제이고 살아 있을 때 로마의 모든 법전을 총망라하는 위대한 편찬 사업에 온힘을 기울였다고 이야기한다. 이어서 로마의 전체 역사를 간략하게 더듬어보면서 위대한 업적을 남겼던 여러 인물에 대해 이야기한다. 그의 간략한 이야기 속에서 로마의 찬란했던 역사가 주마등처럼 스쳐 지나간다. 또한 로마 제국의 쇠퇴와 함께 빚어진 황제파와 교황파 사이의 정략적 싸움과 타락에 대해 한탄한다. 그리고 수성천에 함께 있는 로메의 업적에 대해서도 이야기한다. 빌뇌브 출신의 로메는 소박한 순례자에서 프로방스 베링기에르 백작의 신하가 된 뒤, 백작의 네 딸을 모두 왕비가 되도록 했으나 다른 귀족과 신하들의 질투로 백작의 의심을 받자 모든 것을 버리고 홀연히 사라졌던 인물로 알려져 있다.

유스티니아누스와 함께 있던 위대한 영혼들이 떠나고 단테의 마음속에는 인간의 죄에 대한 의문이 떠오른다. 단테의 마음을 알아차린 베아트리체는 삼위일체의 교리를 토대로 그리스도의 강생(降生)과 수난에 대해 자세히 설명한다. 또한 인간의 보잘것없는 능력만으로는 완전하게 죄의 보속(補贖)을 채울 수 없다고 말한다. 그리고 이 세상의 모든 창조물과 원소들이 썩어 사라지는 이유와 육신의 부활에 대해 이야기한다.

금성의 하늘(8~9곡)

어느새 단테는 셋째 하늘인 금성천에 올라와 있다. 어떻게 올라왔는지 깨닫지 못하지만 베아트리체가 더욱 아름다워진 것을 보고 더 높은 하늘로 올라왔음을 알게 된다. 금성천에서는 사랑에 사로잡혔던 영혼들이 그들을 맞이한다. 가까이 있던 한 영혼이 말을 꺼내는데 나폴리 왕 카를로 단지오 2세의 아들 카를로 마르텔로이다. 그는 헝가리 왕으로 등극했으나 젊은 나이에 죽었다. 그는 일찍 죽지 않았더라면 자신이 통치했을 나라에 대해 이야기하고, 동생인 나폴리 왕 로베르토의 타락을 비난한다. 그리고 인간의 다양한 성격과 기질에 대해 이야기하면서 어떻게 훌륭한 아버지에게서 어리석은 아들이 태어날 수 있는지 설명한다. 만약 하느님의 섭리를 따르지 않는다면 인간의 본성은 부모의 길을 뒤따르게 된다고 말한다.

카를로가 떠난 다음 쿠니차의 영혼이 앞으로 나선다. 그녀는 이탈리아 북부 지방 사람들의 부패하고 타락한 생활에 대해 이야기하고, 그들의 미래를 예언하는 말을 한다. 뒤이어 마르세유 출신의 폴코가 자신에 대해 이야기한다. 그는 프로방스의 탁월한 음유시인이었는데 시토회 수도사가 되었다가 나중에는 마르세유의 주교로 이단들을 단죄하는 데 이름을 날렸던 인물이다. 폴코는 창녀 라합의 예를 들면서 탐욕스럽고 부패한 성직자들에 대해 비난을 퍼붓는다. 예리고의 창녀

라합은 여호수아가 보낸 정탐원을 숨겨주어 이스라엘의 승리를 도왔던 여인이다(「여호수아」 2장 1절 이하).

태양의 하늘(10~13곡)

단테는 넷째 하늘 태양천으로 올라간다. 철학과 신학 분야에서 이름을 떨쳤던 지혜로운 영혼들이 있는 곳이다. 그들은 왕관처럼 둥글게 모여 노래하면서 두 사람 주위를 빙글빙글 돈다. 눈부신 영혼들이 주위를 돌면서 부르는 합창은 하늘나라에서 가지고 나올 수 없는 값진 보석들 중의 하나처럼 아름답다. 영혼들 중에서 토마스 아퀴나스가 참다운 사랑에 대해 이야기하고, 함께 있던 열한 명의 영혼들을 소개한다. 그의 이야기가 끝나자 영혼들의 고리가 움직이면서 감미로운 소리가 들려온다.

단테는 덧없는 지상의 재화와 즐거움만 뒤쫓는 인간의 어리석음에 대해 새삼스럽게 한탄한다. 토마스 아퀴나스는 단테의 마음속에 의혹이 생기는 것을 알아차리고 거기에 대해 설명한다. 토마스 아퀴나스는 자신이 도미니쿠스회 수도사였음에도 오히려 성 프란체스코와 그의 제자들을 찬양하면서 도미니쿠스회 수도사들의 타락한 생활을 비판한다.

토마스 아퀴나스의 말이 끝나자 다른 한 무리의 영혼들이 또 다른 고리를 이루며 처음의 고리를 둘러싸고 돌아간다. 두

겹의 화환처럼 둘러싼 영혼들은 눈부신 춤과 아름다운 노래로 멋진 잔치를 벌이는 듯하다. 둘째 고리의 영혼들 중 성 보나벤투라가 앞으로 나와 성 도미니쿠스의 공덕을 찬양하고, 프란체스코 수도회의 부패를 개탄한다. 프란체스코회 수도사였던 그는 토마스 아퀴나스가 프란체스코 수도회를 찬양한 것에 대해 보답하려는 것이다. 그리고 자신을 포함하여 열두 영혼들을 일일이 부르며 소개한다.

단테는 두 개의 고리를 이루고 돌아가는 스물네 영혼의 움직임과 원무(圓舞)를 별들에 비유한다. 토마스 아퀴나스는 계속해서 단테의 두 번째 의문에 대해 설명한다. 그는 아담과 예수의 지혜, 솔로몬의 현명함에 대해 이야기하면서 경솔하고 그릇된 인간의 판단을 경계해야 한다고 충고한다. 특히 인간의 운명에 관한 애매하고 어려운 주제에 대해 판단할 때는 신중해야 한다고 강조한다.

화성의 하늘(14~17곡)

베아트리체는 영혼들에게 그들의 육체가 부활한 뒤에는 어떤 상태가 될 것인지 설명해주라고 부탁한다. 이에 대해 솔로몬의 영혼이 대답한다. 부활 후에는 그들의 지복(至福)이 더욱 커질 것이며 되살아날 육신도 더욱 아름다워질 것이라고 한다. 단테는 또 다른 영혼들이 눈부시게 반짝이며 한데 어우러지는 것을 본다. 어느새 다섯째 하늘 화성천에 올라와 있는 것이다. 믿음을 위해 싸웠던 영혼들이 모여 십자가 형태를 이루고 눈부시게 빛나면서 아름다운 선율로 노래하고 있다.

그 영혼들 중 하나가 앞으로 나와 단테를 반갑게 맞이한다. 안키세스의 영혼이 아들 아이네이아스를 반갑게 맞이하는 것과 같다. 바로 단테의 고조부 카차구이다의 영혼이다. 그는 생전의 피렌체의 검소한 생활에 대해 이야기하고, 또한 자신이 십자군 원정에 참가했다가 순교하여 곧바로 천국으로 올라오게 되었다고 이야기한다. 단테는 자신의 조상과 그 당시 피렌체의 훌륭한 인물들에 대해 질문한다. 카차구이다는 자신의 탄생과 가문에 대해 이야기하고, 초기 피렌체 시민들의 순수하고 검소한 생활을 찬양한다. 그리고 자신이 살았을 당시의 유명한 가문과 뛰어난 인물들을 일일이 열거하면서 그들의 훌륭하고 위대한 업적을 찬양한다. 이어 당시의 유명한 가문들이 쇠퇴하고 몰락하게 된 과정에 대해서도 설명한다.

단테는 카차구이다에게 자신의 미래 운명에 대해 알려달라고 부탁한다. 단테가 지옥과 연옥을 거쳐 오는 과정에서 많은 영혼들이 그의 앞날에 대해 모호하지만 어두운 예언들을 들려주었기 때문이다. 카차구이다는 단테가 힘겨운 망명 생활을 하게 될 것이며, 베로나의 칸그란데 델라 스칼라의 도움을 받을 것이라고 예언한다. 그리고 단테에게 저승 세계를 두루 둘러보고 돌아가거든 두려워하지 말고 모든 것을 그대로 시로 적어 사람들에게 도움을 주라고 충고한다.

목성의 하늘(18~20곡)

카차구이다의 말을 듣고 단테가 당황해하자 베아트리체가 위안을 준다. 카차구이다는 믿음을 위해 싸웠던 위대한 영혼들의 이름을 하나하나 부르면서 소개한다. 카차구이다가 다른 영혼들과 함께 돌아간 후, 단테와 베아트리체는 여섯째 하늘 목성천으로 올라간다. 목성천은 정의롭게 살았던 영혼들이 있는 곳으로, 그 영혼들은 아름다운 노래와 함께 무리를 지어 날아다니면서 알파벳 모양을 이룬다. 모두 35글자의 라틴어로 된 Diligite justitiam qui judicatis terram(땅을 재판하는 자들이여 정의를 사랑하라)이라는 글귀를 보여준다. 그런 다음 영혼들은 흩어졌다가 M자와 비슷한 모양을 이루더니 서서히 바뀌어 마침내 독수리의 형상이 된다. 단테는 그 영혼들을 향해 이 세상에 정의와 올바른 길을 보여줄 것을 기원한다.

거대한 독수리의 형상으로 모여 있던 영혼들은 마치 하나의 존재처럼 한목소리로 말한다. 단테는 그리스도를 믿지 않았지만 훌륭한 덕성을 가졌던 사람들도 구원받을 수 있는지 질문한다. 독수리는 하느님의 정의는 인간의 지성으로 헤아릴 수 없다고 대답한다. 그러고 나서 여러 나라 군주들의 부패와 타락을 비난한다. 특히 입으로는 그리스도를 외치면서 정작 타락한 삶을 살아가는 사람들은, 최후의 심판 때 오히려 그리스도를 모르지만 덕성 있게 사는 사람들보다 더 많은 벌을 받을 것이라고 이야기한다.

독수리는 자신의 형상을 이루고 있는 일부 영혼들을 지적하며 소개한다. 그들은 눈동자를 이루고 있는 다윗과 그 주위의 트라야누스, 히즈키야, 콘스탄티누스, 굴리엘모 2세, 리페우스 등이다. 독수리는 트라야누스 황제와 리페우스가 어떻게 해서 천국으로 올라가게 되었는지 설명한다. 특히 트로이 사람 리페우스가 천국에 있으리라고는 믿기 어렵겠지만 그는 신성한 은총의 신비를 꿰뚫어볼 수 있었기 때문에 구원을 받았다는 것이다.

토성의 하늘 (21~22곡)

단테와 베아트리체는 일곱째 하늘 토성천으로 올라간다. 그곳에서 최고 하늘까지 이어지는 끝없는 계단에는 관조의 삶을 살았던 영혼들이 쉴 새 없이 오르내리고 있다. 그들 중에 다미아노의 영혼이 하느님의 심오한 뜻에 대해 이야기한 다음 성직자들의 부패와 타락에 관해 신랄하게 비판한다. 다미아노의 말이 끝나자 함성이 들려온다. 함성 소리에 단테가 놀라자 베아트리체가 설명한다. 하늘나라에서는 모든 것이 성스럽고 훌륭한 열성에서 비롯되며, 함성 소리는 바로 성스러운 영혼들이 한목소리로 올리는 기도의 소리라는 것이다.

성 베네딕투스가 앞으로 나서서 관상(觀想)의 영혼들을 소개한다. 단테는 그에게 빛으로 둘러싸여 있지 않은 그의 진짜 모습을 볼 수 있는지 질문하자, 그는 최고의 하늘에 올라가면 모든 소원이 이루어질 것이라고 대답한다. 이어서 성 베네딕투스는 처음에는 훌륭한 뜻으로 시작되었던 수도원이 타락의 길을 걷게 된 것을 한탄한다. 관상의 영혼들이 물러나고 단테와 베아트리체는 여덟째 하늘 항성천으로 올라간다. 단테는 발아래에 있는 일곱 행성을 바라본다. 그리고 웃음이 나올 정도로 보잘것없이 조그맣게 보이는 지구를 내려다본다. 지구는 "우리 인간을 무척이나 난폭하게 만드는 꽃밭"으로 단테의 눈앞에 속속들이 드러나 보인다.

항성들의 하늘(23~26곡)

항성천에서 단테는 그리스도가 내려오는 것을 본다. 뒤이어 아름다운 장미 같은 성모 마리아와 백합꽃 같은 그리스도의 사도들이 나타난다. 이제 단테의 시력은 베아트리체의 눈부신 미소를 바라볼 수 있을 정도로 강해졌으나, 그리스도의 모습은 너무나도 찬란하게 빛나 바라볼 수가 없다. 인간의 언어로는 형언할 수 없이 강렬하고 찬란한 빛이다. 그러자 그리스도는 위의 하늘로 올라간다. 너무 찬란한 빛 때문에 아무것도 보지 못하는 단테를 배려하기 위해서이다. 그리스도가 떠나자 가브리엘 천사가 내려와 성모 마리아의 주위를 맴돌면서 아름다운 노래를 부르고, 모든 영혼도 함께 아름다운 목소리로 "하늘의 여왕이여"라고 합창한다.

베아트리체의 부탁으로 항성천의 영혼들이 단테를 반갑게 맞이한다. 성 베드로의 영혼이 그들을 맞이하자, 베아트리체는 그에게 단테를 시험해보라고 부탁한다. 베드로는 믿음의 덕성에 대해 질문하고, 단테는 삼위일체의 교리에 맞게 대답한다. 단테의 대답에 흡족해진 베드로는 그의 주위를 세 번 돌면서 축복해준다.

단테는 새삼스럽게 고향 피렌체로 돌아가 시인의 월계관을 쓰고 싶다는 희망을 표현한다. 베아트리체는 단테에게 성 야고보를 소개한다. 야고보는 소망의 덕성에 대해 질문하고, 단테의 만족스러운 대답에 주위의 영혼들이 합창으로 화답한다. 이어서 복음서의 작가 성 요한이 나타나는데, 그의 빛이 너무나도 찬란하여 단테는 곁에 있는 베아트리체의 모습을 볼 수가 없다. 성 요한은 단테에게 사랑의 덕성에 대해 질문한다. 단테는 사랑의 대상이 무엇인지, 사랑은 어디에서 시작되고 어떻게 완성되는지 대답한다. 단테가 대답을 마치자 지복의 영혼들이 또다시 아름다운 노래를 부른다. 다시 시력을 회복한 단테는 인류의 시조 아담의 영혼이 오는 것을 본다. 단테는 아담에게 궁금한 것을 질문하고 그 대답을 듣는다. 특히 인간이 에덴동산에서 쫓겨난 주된 원인은 금단의 열매인 선악과를 먹었기 때문이 아니라, 인간에게 부여된 한계를 의식적으로 벗어나려고 했기 때문이라고 이야기한다.

영광의 노래가 울려 퍼지더니 성 베드로의 영혼이 흰빛에서 붉은빛으로 바뀌고 목소리까지 변하여 교회와 성직자들의 부패를 꾸짖는다. 곁에 있던 베아트리체의 얼굴빛도 바뀔 정도이다. 베드로는 얼마 지나지 않아 높으신 섭리가 도우러 올 것이라고 예언하면서, 단테에게 지상으로 돌아가거든 자기가 한 말을 숨김없이 이야기하라고 충고한다. 이어서 사도들의 영혼이 위로 올라가고 단테는 다시 한 번 지구를 내려다본다. 그리고 아름다운 베아트리체의 모습을 바라본다.

최초 움직임의 하늘 (27~29곡)

단테와 베아트리체는 아홉째 하늘 원동천으로 올라간다. 그리고 베아트리체는 탐욕으로 인한 인간의 타락을 탄식한다. 원동천에서 단테는 처음으로 하느님이 계시는 곳을 바라보지만 너무나도 강렬한 빛에 눈을 감을 수밖에 없다. 베아트리체는 하느님을 중심으로 에워싸고 있는 아홉 하늘의 움직임과 상호 관계들에 대해 설명한다. 그리고 디오니시우스와 그 레고리우스의 이론에 따라 아홉 하늘에 배치된 아홉 품계의 천사들에 대해서, 그리고 여러 하늘과 천사들이 어떻게 창조 되었는지에 대해 설명한다. 무엇 때문에 일부 천사가 반역했 는지, 천사들의 본질적 성격은 무엇인지 이야기한다. 아울러 천사에 대해 그릇된 관념을 퍼뜨리는 학자와 설교자들에 대 해 비판한다.

최고의 하늘과 삼위일체의 신비 (30~33곡)

원동천 천사들의 빛이 서서히 사라지면서 베아트리체는 더욱 아름다운 모습으로 빛난다. 단테와 베아트리체는 드디 어 최고의 하늘 엠피레오로 올라간다. 눈부시게 빛나는 빛의 강물 같은 그곳에서 생생한 불꽃들이 튀어나와 주위의 꽃들 사이로 떨어진다. 마치 황금에 둘러싸인 홍옥(紅玉)과도 같은 모습이다. 한가운데 하느님의 눈부신 빛을 중심으로 천사와 지복자들이 순백의 장미와 같은 형상으로 둘러싸고 있다. 베 아트리체는 단테를 그 안으로 데려간다.

지복자들의 영혼이 새하얀 장미 모양으로 하느님을 에워싸 고 있는 사이로 천사들이 쉴 새 없이 날아다니고 있다. 마치 벌 들이 꽃과 벌집 사이를 오가는 모습과 같다. 천사들의 얼굴은 타오르는 불꽃과 같고 날개는 황금빛이며 그 외에는 온통 눈보

도레의 판화. 최고의 하늘 엠피레오를 바라보는 단
테와 베아트리체.

다 더 새하얀 빛깔이다. 그 황홀한 모습을 단테가 넋을 잃고 바라보는 동안 베아트리체는 성모 마리아 곁의 자기 자리로 올라가고, 성 베르나르두스가 나타난다. 높은 자리에 앉은 베아트리체에게 단테가 감사의 말을 올리자 그녀는 아름다운 미소로 화답한다. 그리고 단테는 장미 사이로 성모 마리아를 본다.

성 베르나르두스는 단테에게 새하얀 장미 속에 있는 지복자들을 소개한다. 이브와 베아트리체를 비롯하여 구약과 신약에 나오는 위대한 인물들과 성인들이다. 또한 죄 없이 죽어 구원을 받은 어린아이들의 영혼도 있고, 앞으로 천국에 오를 지복자들을 위해 비어 있는 자리도 있다. 특히 성모 마리아 곁에는 가브리엘 천사가 날아다니며 노래를 한다. 베르나르두스는 그 주위의 영혼들도 소개한다. 그리고 단테가 하느님을 직접 바라볼 수 있으려면 먼저 성모 마리아에게 기도하여 은총의 도움을 얻어야 한다고 지적하면서 마음을 다해 자신의 기도를 따라 하라고 말한다.

성 베르나르두스는 단테가 하느님을 직접 뵐 수 있도록 은 총을 내려달라고 성모 마리아에게 간절하게 기도한다. 은총 덕택에 눈이 맑아지고 강해진 단테는 드디어 하느님의 빛을 직접 두 눈으로 바라볼 수 있게 된다. 그리고 그 안에서 삼위 일체의 신비를 관조한다. 그것은 "완전히 동일한 세 가지 빛 깔의 세 개의 원"으로 서로 구별되면서 동시에 하나로 합일 된다. 그리하여 그 안에서는 "우주에 흩어져 있는 모든 것들 이 사랑에 의해 하나로 묶어져 있고, 실질과 우연들, 그리고 그 속성들이 모두 융합되어" 있다. 그렇게 단테는 "태양과 모 든 별들을 움직이는" 하느님의 사랑을 본다.

3 관련서 및 연보

Bibliography & Chronology

단테의 생애와 관련하여 분명하게 확인된 사실은 그리 많지 않다.

일부 검증된 사실을 제외하면 단테 자신의 작품들에서 언급되는

자서전적 내용과 다른 간접적인 자료들을 통해

재구성하고 추정할 수밖에 없다.

이를테면 젊은 시절의 교육이나 망명 시절의

구체적인 행적에 대해 자세하게 알려진 것이 없다.

따라서 단테의 연보는 예상외로 간략하고 개략적이다.

그리고 『신곡』의 번역본과 관련서들에 대해 몇 자 적어보았다.

『신곡』 관련서

『신곡』의 한국어 번역본들은 여러 가지이다. 여러 문학 전집이나 고전 시리즈에 거의 빠짐없이 들어 있다. 하지만 선뜻 추천할 만한 번역본을 찾기란 쉽지 않다. 일부 번역본은 어떤 책을 저본으로 삼았는지조차 밝히지 않고 있다.

그중에 한형곤 교수의 번역본(삼성출판사, 서해문집)과 최민순 신부의 번역본(을유문화사)은 비교적 권할 만하다. 한형곤 교수의 번역본은 이탈리아어 원전을 옮긴 데다 자세한 해설도 곁들여 있다. 최민순 신부의 번역본은 이탈리아어 원전에서 번역한 것은 아니지만(스페인어 번역본에서 옮긴 것으로 알려져 있으나 저본에 대한 언급은 찾아볼 수 없다) 나름대로 원전에 가장 가깝게 접근하고 있다. 다만 1950년대 말에 번역되었기 때문인지 현대 독자들이 읽기에는 약간 어색하게 보일 수도 있으나, 어떤 면에서는 원전의 은유나 비유들을 정감 어린 우리말 표현으로 옮기면서 일부 시적인 묘미까지 전달하려고 노력하였다. 하지만 주의 깊게 읽지 않으면 무슨 말인지 이해하기 힘든 부분들이 많다.

그 외에도 소설 형식으로 풀어쓴 『신곡』도 있고(최요한, 국태원; 박상진, 서해문집), 『신곡』 해설서도 나와 있다(한형곤, 한국외대 출판부). 최근에는 어느 일본 작가가 귀스타브 도레의 판화들을 배경으로 『신곡』의 지극히 핵심적인 내용을 소개한 책이 번역되기도 하였다(양억관 옮김, 황금부엉이, 2004).

그렇지만 특히 고전 작품의 경우 요약이나 번안과 원전 사이에는 커다란 차이가 있을 수 있으므로 주의할 필요가 있다. 가능하다면 원전에 가까운 번역본을 읽는 것이 좀 더 바람직하다고 생각한다.

그 많은 번역본들 가운데 『신곡』이나 단테에 관한 책은 놀라울 정도로 거의 찾아볼 수 없다. 단테의 다른 저술들에 대해서도 관심이 없는 듯하다. 『새로운 삶』은 두어 가지 번역본이 나와 있으나 별로 권하고 싶지는 않다. 단테의 철학을 집약적으로 표현한 저술 『향연』은 아예 번역조차 되어 있지 않다. 라틴어로 쓴 저술 중에서 『제정론』은 번역되어 있으나(성염 옮김, 철학과 현실사, 1997), 『속어론』은 아직 번역본이 없다. 유럽의 문학사와 르네상스에 관한 대부분의 책에서 단테의 위대한 걸작에 대한 언급이 빠지지 않는 점을 고려해보면 의아한 생각이 들 정도이다.

『신곡』과 관련된 책들 중에서 최근에 베르길리우스의 『아이네이스』가 라틴어 원전에서 번역된 것은 커다란 업적이라 할 수 있다(천병희 옮김, 숲, 2004). 두 걸작 사이에 여러 가지 대비와 비교가 가능할 뿐 아니라, 단테가 자신의 저승 여행에서 베르길리우스를 길잡이로 삼은 이유도 구체적으로 확인할 수 있기 때문이다.

또한 『신곡』의 일부 구절이 인용된 엘리엇의 시, 『신곡』에서 직접적인 영향을 받아 탄생한 밀턴의 『실락원』을 읽고 서로 비교해보는 것도 흥미로운 일일 것이다.

단테 알리기에리 연보

1265년

태양이 쌍둥이자리에 있던 5월 중순에서 6월 중순 사이에 피렌체에서 태어난다. 아버지는 알리기에로 디 벨린치오네(Alighiero di Bellincione)이고, 어머니는 아바티 가문의 돈나 벨라(Donna Bella degli Abati)로 알려져 있다. 단테가 5, 6세 때 어머니가 사망한다.

1274년 (9세)

포르티나리(Portinari) 가문의 딸 비체(Bice), 즉 베아트리체를 처음 만난다.

1283년 (18세)

두 번째로 베아트리체를 만나고 그녀의 인사를 받는다. 구이

도 카발칸티(Guido Cavalcanti), 구이토네 다레초(Guittone d'
Arezzo) 등 시인들과 교류하면서 '청신체' 시파의 주요 멤버가
된다. 브루네토 라티니(Brunetto Latini)를 만나 그에게서 많은
것을 배운다.

1289년(24세)

캄팔디노(Campaldino) 전투에 참가한다.

1290년(25세)

베아트리체가 사망한다.

1295년(30세)

의약 조합에 가입하면서 본격적으로 정치 활동을 시작한다.

1300년(35세)

6인으로 구성된 피렌체 자치도시의 최고 통치 기구인 집정관
을 역임한다.

1301년(36세)

'100인 평의회'의 일원으로 활동한다. 교황 보니파티우스 8세
는 피렌체를 교황령에 포함시키고자 노력하고, 그런 계략의
일환으로 그해 10월 프랑스 발루아 백작 샤를이 군대를 이끌
고 피렌체로 내려온다. 사태를 수습하기 위해 단테는 로마 교
황청에 사절로 파견되고, 그동안 궬피 흑당이 권력을 잡고 정
적들을 쫓아내기 시작한다. 로마에서 돌아오던 중 단테는 공
금 횡령과 부정 혐의로 기소되어 법정으로 출두하라는 명령을

받으나 이를 거부한다.

1302년 (37세)

피렌체 법정은 단테의 전 재산을 몰수하고 만약 체포될 경우 화형에 처한다고 선고한다. 이때부터 단테의 망명 생활이 시작된다.

1312년 (47세)

하인리히 7세가 신성로마제국의 황제로 등극한다.

1313년 (48세)

하인리히 7세가 사망한다.

1315년 (50세)

피렌체 당국에서 정치적 이유로 추방된 자와 망명자들에 대한 사면을 제의하지만, 단테는 굴욕적인 조건을 받아들일 수 없다고 거부한다.

1321년 (56세)

라벤나에서 구이도 노벨로(Guido Novello)의 사절로 베네치아에 파견되었다가 돌아온 뒤, 말라리아로 추정되는 갑작스러운 열병에 걸려 9월 14일 사망한다.

신곡 읽·기·의·즐·거·움
저승에서 이승을 바라보다

초판 인쇄 ㅣ 2005년 6월 20일
초판 발행 ㅣ 2005년 6월 30일

지은이 ㅣ 김운찬
펴낸이 ㅣ 심만수
펴낸곳 ㅣ (주)살림출판사
출판등록 ㅣ 1989년 11월 1일 제9-210호

주소 ㅣ 110-847 서울시 종로구 평창동 358-1
전화 ㅣ 02)379-4925~6
팩스 ㅣ 02)379-4724
e-mail ㅣ salleem@chollian.net
홈페이지 ㅣ http://www.sallimbooks.com

ⓒ (주)살림출판사, 2005   ISBN 89-522-0389-5 04800
                          ISBN 89-522-0394-1 04800 (세트)

값 7,900원